人在受到委屈而不作為的時候，絕大多數都不是為了自己，而是為了他人。在真正絕望想離世的時候，拉住他的通常也不是求生欲，而是因為他人。人看起來注定要習慣孤單，保持獨自一人的狀態來去世間，但決定自己命運的往往是自己所經歷的一切，那個一切包括了在這一生中遇到的所有他者。人是經驗的動物，經驗累積組成了你。遇到的人真的很重要啊，他們就是一個人這一生命運的所有支線了。

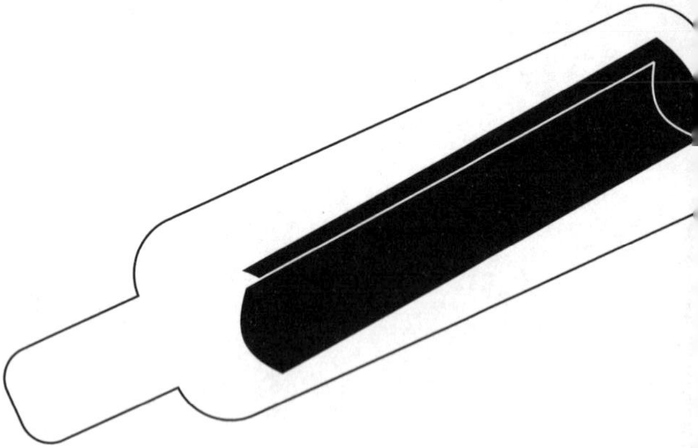

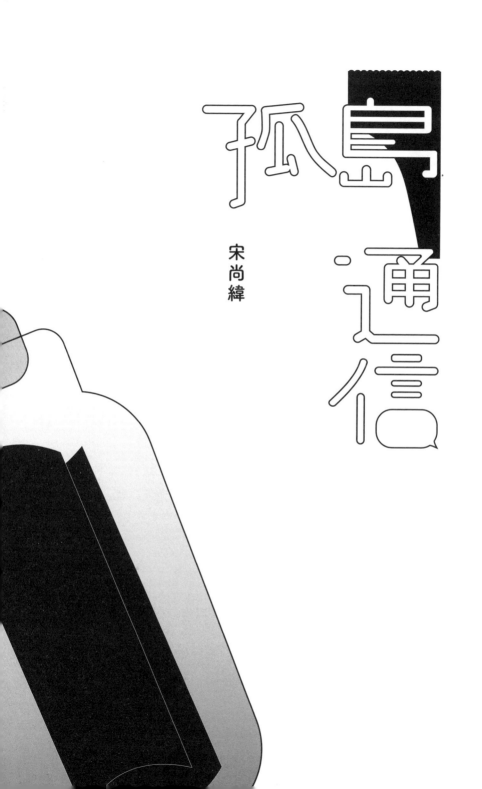

孤島通信

宋尚緯

推薦序／信號，朝著你的方向飛去

每一次讀宋尚緯的新作品，我就不免詫異他又變了。當我們形容一個人「又變了」，多半不是作褒獎用。人傾向在日常生活中，隱約與我們人類最長久的宿敵——無常，較勁，並珍視可供估測的每一瞬間。然而，對創作者而言，這是一門技術活，得游移（猶疑）於光譜的每一節點，如水在結冰前一瞬，即將鞏固、形成某種風格，但又依然含蓄著流動與變遷的可能。高中課堂上，歷史老師的一句話，「托爾斯泰的思想，一生中經歷了至少兩次的重大轉變」，借用宋尚緯在書中的說法，大抵是「我們所能做的，就是將我們所願意延展的感情延展到最大」。

再來，我讀尚緯的文字，很難不以「複眼」去看。時而為純粹的讀者，時而為創作之人。長期以往，宋尚緯很有意識、醒覺地在處理一個子題：他、文字、世界這三者之間，如何彼此牽攣？三者往往交匯於「人之存在」。從輯一到輯三，我們可以讀到「存在」為軸，所翻散出的大小子題：我們如何存在？他人如何存在？我的存在如何限制或成全了他者的存在（反之亦然）？若我們對於世界的理解如此懸殊，又能如何共存？在頻繁見證了人情的繁榮與消亡後，文字溝通的本質，又將產生怎樣的裂解與融合？清晰的問題意識與好好作答的誠意，構成了此書的雙股螺旋。書中有一段格外吸引我的目光，宋尚緯提及和潘柏霖對談時，他否認了書寫是他對於世界的最大抵抗，選擇活著才是。我認為，這段回應恰如其分地詮釋了《孤島通信》裡每篇文章的共通嘗試：若我們提起意願，把觀點挪移至「存在」，無可避免地，我們將經驗到生命中萬千徒勞與麻木的襲擊，此時此刻，為何重拾對文字的依賴。就如同大航海時代，前人專注記錄沿途所見地景氣象，一方面為自己錨定「活著」的座標，一方面，是在對未來閱讀你每一軌跡的陌生人說話：惡水中你並不孤獨。

尋常時刻，我習慣聚焦作品。這本《孤島通信》，容我談些宋尚緯的生平，有些讀者可能已經知情了，在許多因素的交織下，尚緯是一個站得離痛苦特別近的人。他自身的境遇，他一度以食物填補內心的匱乏，又因暴食種下諸多病灶，身體的潰敗反過來耗蝕精神。如同骨牌似地，第一張倒下以後，招致了全面坍方，繼而成為許多人輕率投射歧視與偏見的對象（我們的社會很精熟落井下石）。或許有人會主張，如此凶險的處境，何嘗不是創作的沃土？確實，不少人深信「不幸的遭遇才能成就一位作家」，歐陽修「詩窮而後工」也時常被反覆引用，這樣的說法稱不上錯，卻絕對有失詳實。中國著名記者與主持人柴靜在《看見》一書中，寫道前輩陳虻一度告誡，「痛苦是財富，這話是扯淡。姑娘，痛苦就是痛苦。對痛苦的思考才是財富」。中國作家莫言亦曾回應類似議題：「從作家這個角度來講，這是一種早期的訓練，但這種訓練我寧願不要。但是沒有辦法，命運讓我這樣，所以我也只好如此」。拾人牙慧的緣由很純粹：尚緯沒有停止思索生命屢屢襲來的惡意，他筆下的傷害、辜負與自欺仍帶有絲絲血氣，彷彿才從誰身上剝落；而他字裡行間的挫敗、憤怒與惘然，亦帶領我們一次次看見「身而為人」的難堪處境。

《孤島通信》是尚緯的第七本作品，我感受到更多的從容和餘裕，聲腔不時滿溢著促膝似的親暱，時而因「想到什麼似地」而轉彎，也不乏以「暫時先想到這樣」而率性收束的情境。有「因為有人在等我，所以我要回去了」恬淡、舒心的句子、「大家一直談著知識，但卻不用自己的語言陳述，白白浪費了這一切」充滿機智氣質的反思；更有「哪些事情他嘴上充滿了愛，卻全部都是恨的俘虜」的玲瓏機關，要開嘲諷，信手捻來就一甕王水的姿態也很是很果斷。我們是一座座孤島，星羅棋布於大海上，忘了在哪部作品上讀到一段話：「很可能人類之間並不存在著相互理解這件事，有的只是當下想到了同一件事」，乍聞有些悲觀，若仔細嚼嚥，也可能有一嶄新看法：在孤島上說話，如放掉掌中的鴿（貓頭鷹也可以），命運並不擔保降落和抵達，但請記得，這些信號是朝著你的方向飛去。

——吳曉樂／作家

自序／寫作是在孤島說話

／ 1.

我沒有夢想。

一直以來並沒有特別思考過夢想這件事，也是這樣跌跌撞撞從年幼一路長到現在過三十歲了，也沒有特別注意過，直到最近看到社群網站上的一個流行問答是「各年齡階段的夢想是什麼？」有些人從國小一路回答到大學畢業，二十歲、三十歲、四十歲，我才開始思考自己的夢想是什麼，才發現自己好像從沒有想過自己要成為什麼過。很長一段時間我並不記得自己幼年時候的事，成年後透過自己的方式逐漸整理破碎的自己，用反推的方式大概能理解幼年的自己發生了什麼。但許多事情是這樣的，事情發生後它就已經是你的歷史了，與有無記載無關，是這件事確確實實成為你個人的年輪，刻印在你的生命裡。

我從小就很會騙人，騙別人也騙自己。仔細想想，其實自己也知道自己在騙人，但說的當下我都相信自己說的是真的。認識我的人都知道我是家裡的長子，但其實我還有一個哥哥，出生後沒多久他就夭折了，我已經不記得母親是怎麼告訴我這件事的，而我也並不確定自己當時是如何理解的，但最近我回憶起小學四、五年級的我，當時我跟同學說我有個哥哥，去做神仙還是佛祖了，然後那個時候的我，只要遇到痛苦的事，就會在內心中和當時在我認知裡已經去當神仙的哥哥祈禱，希望痛苦的事趕快過去。

這其實是件很愚蠢的事情，現在的我回過頭看也不能確定當時的我究竟在想些什麼，但這只是我生命中眾多荒唐故事的其中一件事而已。另外一件我還稍微有印象的事情，是我小時候去了一個類似園遊會的地方，裡面有許多攤販，我去玩了跳舞機，然後我又逛了一圈買了一桶水，之後拿回去跟母親說「這是我去玩跳舞機贏到的獎勵」我猜測當時的我應該是希望被母親誇獎，或者是我極為需要被稱讚，即使那個稱讚是假的也沒有關係。這些事情一直到我成長到有足夠的餘裕面對自己的時候，才能夠回過頭看看自己到底都做了些什麼事情。

／

2.

前陣子看到一篇文章，裡面寫克里斯多福・諾蘭（Christopher Edward Nolan）在一場演講裡面提到了《全面啟動》的結局，諾蘭說：「在電影結束時，柯伯與他的孩子重聚，這時的他處在他個人的現實之中。他不再關心這是不是現實，這給了一個可能：也許，各種層面的現實是可以同時存在的。」

這讓我想到二〇一七年我看到的一則新聞，裡面提到說有個教授提出一項計畫，他希望減少因環境所帶給雞的心理壓力，所以他希望透過 VR 裝置給予雞一個虛擬的空間，讓雞活得更快樂、更自由。對雞來說，透過 VR 看到的世界是幻境還是真實世界？雞如果認為所見為真，牠相信了自己就在牠所看見的世界裡，那就會回到諾蘭想談的事——什麼才是真實？

我現在剛過三十歲，二十五歲以前我覺得自己過得非常痛苦，其實平心而論，的確是也沒有什麼好快樂的，常常聽人在說，一白遮三醜，一胖毀所有，我是那種所有都毀了的人，但這麼多年，其實也習慣了。我是說如何面對我所身處的現實這件事。每篇雞湯文都會告訴你，「不要抱怨」、「要努力」、「正向的面對自己所擁有的一切」、「感謝自己所有的一切」，我就想問問大家，真的有人能夠毫無怨言且沒有經歷轉折的去面對會使自己痛苦的一切事物嗎？

三十歲的我要說理解了什麼人生的大道理，連我自己都覺得不可能，說穿了我們所能理解的事物不過也就是與我們生命有關聯牽扯的事物而已。我能夠做的事情就是別再使自己痛苦了。我花了很長的時間告訴自己：「我並沒有做錯任何事情」，這說起來很簡單，但其實很難。嘴上說說每個人都會。尤其人類是這樣的動物，我們時常口是心非，嘴上說著快樂，心中卻業火煎熬。我曾以為人生苦短，痛苦卻很漫長，但後來我告訴自己，我希望自己的快樂多於痛苦，至少我希望自己是平靜多於煎熬，即使像一攤平靜的水，也比身處地獄要好得多。我偶爾還是會羨慕其他生得一副好皮相的人，但就只是羨慕而已，我不會痛苦，也不會像以前一樣痛恨自己。

說穿了，我們所面對的真實到底是什麼？

現在的我已經不太在意自己面對的真實到底是什麼了，我不希望自己痛苦，所以我做了許多努力，都是讓我能在痛苦的時候保有優雅的餘裕。我希望自己在面對傷害的時候能夠冷靜面對，我希望自己在面對曾經的創傷時，至少能像平靜的湖水一般，漣漪難免，但別有浪潮。

以前我常聽到一句話，「改變你的看法，你可以改變你的世界」，當時我覺得這是一句非常不負責任的話，多年後我是這麼想的，改變看法是可以改變世界的，但前提是要知道自己到底是怎麼看待這個世界的。

真實究竟是什麼，是我們自己決定的。

/ 3.

我一直在想，這一本究竟算是什麼文體，我自己將它定義成雜記，我知道是散文，但在心裡的某個角落，我一直覺得彆扭。對我來說，散文好像是更充滿故事，更挖掘內心，甚至更獵奇的。

我所說的獵奇是指特殊經驗的部分。我覺得散文與小說之所以難寫，很大一部分在於特殊經驗的成立，而我並不是一個擁有特殊經驗的人，又或者應該說，我並不喜歡將我的特殊經驗寫在作品中讓人了解。

有一陣子台灣的文學圈對散文類的文學獎有一個爭辯是，散文的真實與虛構，裡面談到許多人對散文其實是有一個主題的優劣比較的，要不寫病痛，要不寫長輩離世，或者寫他人的絕症，散文比賽像是賣慘軍備競賽。當然我們知道就實務上來看文學獎比賽，評審考慮的並不只是情節，只是綜合評比，最後得出的結論，讓大家覺得有這種狀況存在。

我不免會想到，那對我來說，散文到底是什麼，寫作到底是什麼？

有時在書寫的時候，我總會想到我母親曾告訴我，不要將自己的脆弱交給他人。我知道他在擔心什麼，將脆弱交給他人，等同將攻擊自己的武器放到它人的手上。但對我而言，寫詩與寫散文其實是一樣的，我如何將自己的防衛一點一點的卸除，將自己放在讀者的面前，我如何透過語言文字，為自己的痛苦妝點，但又更直接地陳述，讓其他和我有相似困擾的人能夠理解，並且知道，自己並不孤獨，並不是只有自己陷在這種進退兩難的境況裡。

文學對我來說是一個整理自己的工具，我並不希望將文學藝術營造成高聳的巨塔，我在《共生》的序裡寫我希望自己能夠拯救過去曾失望、痛苦的自己；在《鎮痛》的序裡寫沒有人的藝術只是脆弱的沙堡；在《比海還深的地方》我寫我已經不再那麼需要詩來整理自己了——我已經不再需要用他人看不懂的方式來陳述我的痛苦了；在《好人》中我寫無論痛苦還是傷心，時間都會繼續往前走，我只是試圖看清楚痛苦並跨越過去；在《無蜜的蜂群》我說大家都該離開沒有蜜的蜂巢——我們不該再留戀只會使我們痛苦的地方了，別在令自己痛苦的地方找棲身之地。

我偶爾還是會想到母親告訴我的，不要暴露太多自己的弱點給他人，因為他人只會嘲笑你，不會幫助你。我當時是這麼想的：如果我不斷地鍛鍊自己的內心，直到那些弱點不再是弱點，到那個時候，我也不在乎那些我不在乎的人，是拿著那些弱點攻擊我還是傷害我。我可以幫助更多有相似痛苦的人，我可以讓其他和過去的我一樣無助的人明白，自己並不孤單。而我現在還是這麼想的。

寫作對我來說是在孤島說話，我們偶爾也會聽到來自其他孤島的聲音。散文也好，新詩也罷，都是我說話的工具，只是陳述的方式不同。當我們能看見的孤島越來越多，我們會逐漸地不再只是孤島。

這就是我心中理想的散文，我想像中的文學。

目次

輯一／每個人都是孤島

輯二／孤島的囚籠

輯三——囚籠外的世界

林婉瑜寫：「總有這樣的日子／一早醒來／感覺烏雲層層逼近／這樣的日子／必須想想快樂的事／／想一想你／想一想你吧／你就是那件快樂的事」有一次無意識寫下類似的句子：「我要你傷心的時候／想想快樂的事情，想想我／但我不確定／我是不是那件快樂的事」

也許這就是我跟他人的差別吧。無法逾越的鴻溝。每個人都是一座孤島，沒有誰比誰更相似，也沒有誰比誰更近一些。我覺得非常痛苦，卻又感到非常溫暖。任何事情都不會只有單純的一面，我們看到的都只是某一個角度，但沒有誰願意去看另外一個角度。因為那太麻煩了。

希望自己永遠不要覺得這是件麻煩的事情，我深知自己有多麼的懶惰，也深知自己其實一直擁有著冷酷的學說。

1.

一直記得那天他和我說你不會永遠都自己好起來的。我其實內心五味雜陳。我其實知道自己不會真正好起來，我回答他，你要知道，我已經適應這個狀況二十多年了，沒有壞掉，也沒有真正走到什麼不可挽回的境地。既然沒有，那我就能繼續處理這些事情。即使我常常唉來唉去，但我可以的。有些人也許一輩子都不知道我真的在寫些什麼，有些人也許一輩子都無法理解我真正在意的是什麼，但我自己知道就好。

2.

我知道那些人要的是什麼——任何滿足他們幻覺的事物。但他們是真的在意這件事情嗎？我並不這麼覺得。他們要的只是一種感覺，自己能夠掌握一切的錯覺。我記得曾有人跟我說，這都是虛假的幻覺。曾有人跟我說我寫的根本不是詩。其實說真的，要說很在意也不到那種地步，但我就覺得，憑什麼呀？我們會看到大家說有個性才是好的，但是不受他控制的個性就是邪門歪道。要有一點多元的聲音，但是要他看得喜歡的那才叫做聲音，其他的都是鬼叫。你們幻想某些符合你們美學想像的事物才能被稱為美，然後其他層次或者其他不被你們討論的，統統稱作「低俗」。到底憑什麼啊？你們口口聲聲說藝術應該是一灘活水，要不斷地流動，卻製造一窪又一窪的死水。我真的不知道你們到底想幹嘛了。我真的不知道。我學到的文學是和人溝通，與萬物產生聯繫。我學到的文學是告訴我人類並不只有一種刻板的樣貌，也許我們要說的是同一件事情，但我們有無數種溝通的方式。

但我有時候會覺得你們說的文學，只是存在你內心最理想最美好的一片淨土。其實都好，每個人有決定自己要相信什麼的自由，但你沒有資格去要求他人一定要信仰你的信仰。好好過好自己的生活好嗎，不要總說自己是有品味的人，卻一直做著沒品味的事。

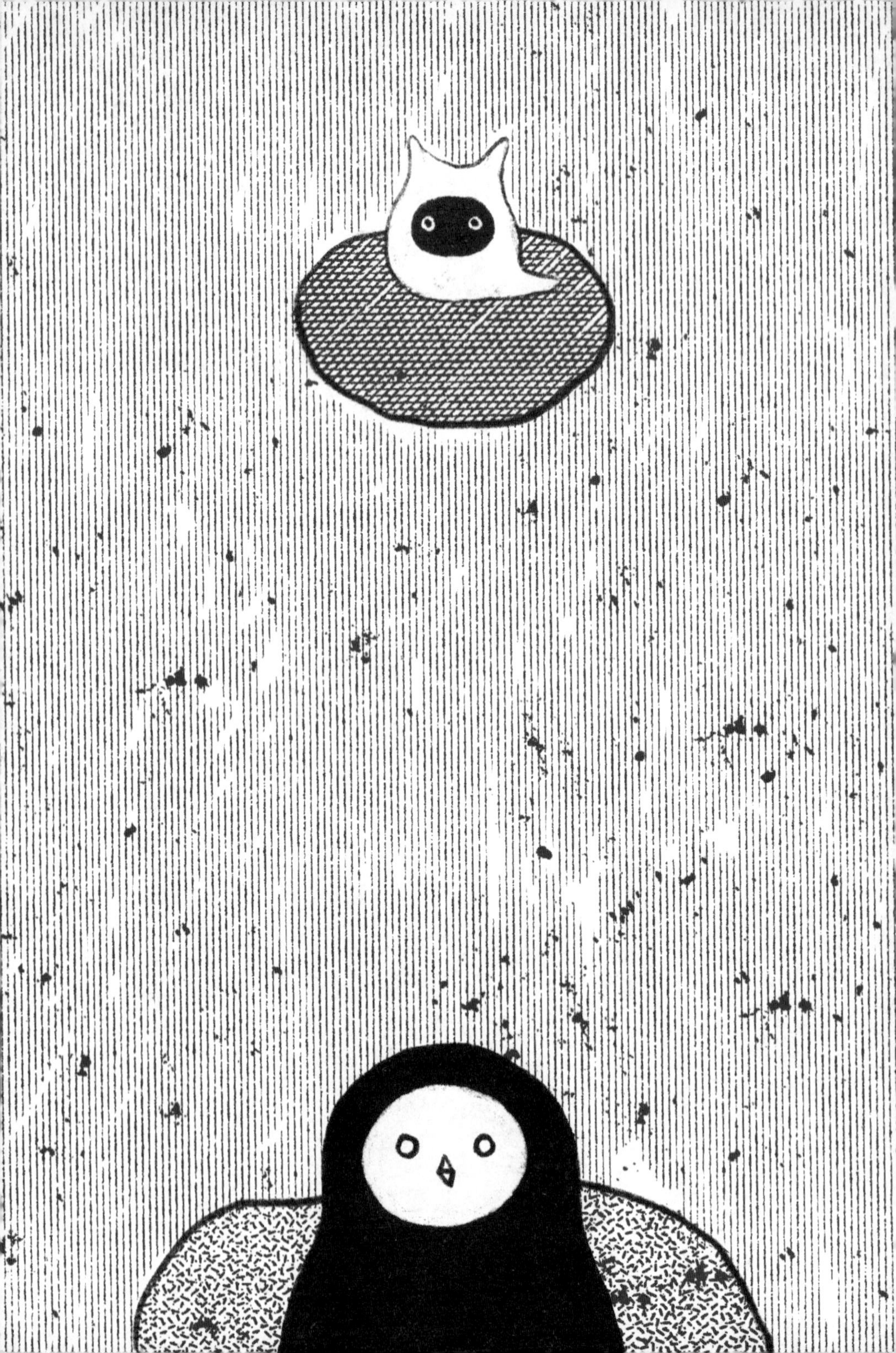

輯一

每個人都是孤島

生活總讓我們失望

生活總讓我們失望。對他人失望，或者令他人失望。

有段時間我其實多數時間活在傷心之中，無論我看起來多麼快樂，看起來有活力，或者開朗，噢，還曾有人說過我看起來像是天生的開心果，每次看到我都笑嘻嘻的，真好。

是啊真好。如果是發自內心的快樂多好。有的時候，當我想起別人對我的殘忍的時候，我總要記得提醒自己，永遠別成為對別人扣下扳機的人。永遠別成為推人下地獄的那一個人。永遠別成為，像他們一般的那種人。有一段時間我相信他人的殘酷是對我的考驗，有一段時間我絕望地想，每一天都是同樣的一天，每一天每一天，永遠都是傷心的同一天。當我想起這些事情的時候，我強迫自己用更加無所謂的態度面對一切，假裝自己不在乎，因為不在乎所以超然，因為超然所以無所畏懼。

但事實是什麼？

事實就是無論你多麼希望或者多麼不希望他們都在那兒的事情。例如死亡，例如活著。事實就是無論我如何裝扮自己，令自己每天看起來開心快樂，但我始終像是小丑一般，做著滑稽的事情，和大家一同笑著，但內心中的自己永遠有著一顆淚珠垂在靈魂上。做任何事情都好，我感覺不到快樂。我每天都很無聊，每天都活在傷害裡。全世界絕大多數受傷的人，都覺得自己受的傷是最重的，沒受過什麼傷的常常呼天搶地，一下說自己要因為寂寞而死，一下說自己覺得自己是全天下中最孤獨的人沒有人懂自己沒有人能夠理解自己，自己越來越憔悴，活像是小說話本裡走出來的人物，形象最好是林黛玉那種的，也不管自己究竟受了多重的傷，有多重說多重，最好將自己說得剩下一口氣那樣；每天都在受傷的人學會沉默，默默將痛楚裝填到自己的心內，直到再也塞不下了仍繼續塞著，最後也許就像扣下扳機後的槍口，爆發之後只剩下輕輕的煙輕輕的飄著，輕輕的、輕輕的成為透明的人。

於是我開始寫作。我在作品裡面塑造了很多形象，但大多不脫離傷者，死者，醫者的範疇。有段時間我完全沒有辦法寫作，我覺得一切都是徒勞，白費功夫。我對自己的人生產生極大的質疑，對書寫產生了極度的不安，對生活產生恐懼，我對一切都沒有安全感。在那個狀態下我開始試圖逃避一切，包括自己。嚴格說起來，逃沒多久我就放棄了，因為我的狀態越來越差，像是離開水的魚，不停扭動，似乎快要窒息。

之後我恢復書寫，仍是有一點沒一點的寫著關於傷關於痛，關於所有一切自身的大小事，精神幻覺甚或是自身夢中的恐怖祕境。我看著我寫完的每一篇作品、每一個字，像是拿著放大鏡察看泥地上的足跡般地逐漸回溯自身的意圖，但總是追到一半就失去了蹤跡。我像個麻木的病患，重複地做著同一件事，每一個字都像是咒語，像是建構形象的砂石，寫完每一篇作品都像是完成一個儀式，召喚出某一件事物，令我回到某一個重要的時刻，將過去失望的自己拯救出來。有的時候會有類似情形的人告訴我他因為我而得到能量，於是這種交流像是能量的互遞一般，我們互相拯救了彼此。

我知道生活中有好多失望。包括後悔，包括傷心，或者欲絕的時候。我知道在那些時候，我所創造出的每一個形像都無法解救我。但我不再因此而陷入更加絕望的境地，因為我知道也許在另一個我不知道的地方，也有人能夠因此回到某一個曾經失望的時刻找回那個失望的自己。

謝謝你們。曾在仍在以及將在的人們。

有效的療癒手段？

/ 1.

日前和朋友討論到到底什麼才是「有效的療癒手段」。仔細思考後才發現，終究還是只有一條路可走——面對。高中時我有一段時間非常熱中於寫誠實的日記，甚至到了走火入魔的地步，誠實面對自己一切不堪，承認自己擁有各種慾望，在裡面居住、鑽探，不斷受傷，最後成為自己。但這種作法太暴力太直接了，我承認這很難受，但是我似乎是著了魔，知道眼前有恐怖，卻強逼自己用手睜開眼睛，逼自己面對它，解決它，並且擊殺它。

前幾日接受須文蔚老師的電台訪問，他問到我在《共生》序裡寫到我曾有一段時間覺得寫作無益於現狀與人生，但慢慢的我覺得寫作是一種療癒的過程，在這之間我感受到了什麼。我說，我對於寫作產生的焦慮在於我意識到其實自己並沒有辦法真正地解決什麼，對當時的我來說，我所做的一切努力都像沙堡一般脆弱、不堪一擊，我不如努力的去生活吧，想要結束學業，結束自己在努力的一切，離開自己原本待著的環境做什麼都好，直接去工作也好，我只想逃離原本的生活，像是想破壞掉原本的自己。

我直到今日仍是不覺得寫作對人生、對現狀有什麼「立即性」的幫助，但這一切努力就像是滴水滋潤大地一般，寫作者能夠在自己的文字中找到出口、找到站起來的力量。我想起上課時聽到老師說的，文學與作品的目的並不在於解決問題，而是提供可能解套的方法。

我想我只是這麼做著。

/

2.

有的時候覺得自己太快將自己交給情緒。有的時候我覺得那些事情明顯地令人恐懼，有的時候我覺得處置明顯不當，最讓我哀傷的事情是所有人都明知不對，但大部份人都將自己交給恐懼、交給規訓、交給社會，像是讓自己躺在湍急的河流，被沖得遠遠、遠遠的，沒有盡頭，也沒有結果。

/

3.

雖然我廢廢的，但是其實也很努力在生活啊。我嘗試讓自己更平穩、更緩慢、更直覺的一點過生活。每天每天都說了很多廢話，說了很多垃圾話，發了很多垃圾動態，有些人以為那就是我。其實也沒錯，那代表某程度以上的我，但是你永遠不可能透過我說的話去認識真正的我。

對我來說，我每天都在猶豫、每天都在掙扎，每天都自我質疑、每天都自我恐懼，每天都匍匐前進、每天都離自己更遠但有時候會突然地拉近，對於這樣的我來說，我將自己跟他人畫了一個圈，在我圈內的人才是我在乎的，我會為其傷心、沉默、猶豫、掙扎，但是在圈外的人，你們與我何干，想來干涉我做什麼，先問問自己對我來說值不值得吧。

這是我對某些事情的回答。

我曾懷疑過

/ 1.

我曾懷疑過一切只是我太過敏感，懷疑自己感受到太多生活以外的事物，例如敵意、例如恐懼，也例如傷心。我懷疑自己帶著對這個世界的敵意，所以我感受到敵意；懷疑我帶著恐懼看這世界，所以感受到恐懼；懷疑自己一直傷心，所以才總是看見傷心。

這一切都太荒謬了，就像一座瑰麗的絕美之城。所有罪惡都隱藏在陰影之下。這世界的一切都講求資格，但資格誰說了算？我不知道，反正永遠都不是我們說了算。每一個人都在爭搶說話的權力，有些人天生優越擁有說話的資本，有些人藉由踩著別人得到自己說話的資格，有些人無心去搶，但沉默總會悄悄地將他殺死。

我一直記得自己曾說過，要永遠都記得看見他人的難處，只是覺得這條路很煎熬，因為當我看見對方的難處時，總會覺得痛苦，因為做出任何抉擇都很艱難。

「總有些你看見對方的難處卻也無法同情對方的時候。」我想起了朋友曾這麼對我說過。試著理解別人與自己不同的原因是重要的，只是理解的同時有沒有一個標準存在也是重要的。

/

2.

我自己知道自己是一個攻擊性很強的人。我寫過很多傷害與被傷害的詩，例如「害怕被丟下／所以先丟下別人／／害怕被傷害／所以先傷害別人」，或者是「我們都是孤獨的刀子／如果不繼續傷害些什麼的話／就無法再活下去了吧。」有人跟我說過，這些句子完全擊中他，問我為什麼能寫出這些句子，我打了個哈哈過去了，但其實我不知道該如何跟他說——因為我曾經就是這樣子的人，又或者我現在也仍是這樣子的人。

某種程度上我相信情緒失控是有解的。我相信。我相信唯有不斷鞭笞自己、提醒自己，逼著自己睜大雙眼面對自己的恐懼、直視自己死蔭的幽谷，逼著自己不得不看自己所處的困境，你才會知道自己究竟在一個什麼樣的環境裡。

你不一定會有解套的辦法，但你至少知道自己在做些什麼了。

/ 3.

關於自私這件事情，其實我很早就知道了。一切就跟歌詞唱的一樣，沒有人在乎你在乎的事。其實每次都會覺得為了一件早就知道的事情生氣、傷心是一件很蠢的事，但是真正碰到了卻還是會再一次的憤怒與傷心。

想想也是，因為我也常常自私。常常不在乎別人所在乎的事情。偶爾反省總會覺得自己那些在乎其實是假的，因為我自己也在乎類似的事情，所以我才會在乎那些他人所提到的事情。但最後我都會強迫自己停止繼續思考，因為這種墜落是沒有終點的。

母親和我說，不要將你的傷心隨意地表現給其他人看，因為這個世界只會嘲笑你的傷心。所以我暗自告訴自己，永遠不要成為那種嘲笑他人傷心的人。

親愛的食人族們

有人問我寫的某篇文章為何那麼尖銳，我回答他可能誤會了什麼，我對任何令我覺得不舒服的事物都很尖銳，甚至我的尖銳有時還會狠狠刺傷我所喜愛的人們。我其實是茫然的，我不知道到底該怎麼做才好，現今已經將近年底了，回顧這整整一年，我突然地覺得意興闌珊，我看見了某些陰影處，卻無能為力，最後只能在焦灼裡讓自己一碰就化為灰燼。

我其實沒什麼資格發怒，但是卻時常感到無力——為什麼呢？為什麼不能善待其他人？每個人都說要為了社會好為了世界好——為了得來不易的自由。他們這麼說。沒有任何事情是不需付出代價的，但那些代價是誰必須付出？這世界上有太多人存在於邊緣，在我們不知道的時刻就會有人摔下去，粉身碎骨。

總會有人說要對社會做出貢獻，但他們說的貢獻其實只是攸關自己的利益罷了。我第一次有這種感受是當我看到一個社運圈的人在臉書上公開發表了一篇文章，我當時只想，這種人及其追隨著我是不敢信的。後面因為各種不知道是人生的玩笑還是命運的創治，我又看到了更多的一些什麼，於是我對這些事物徹底地感到冰冷。所有人都只是為了自己關心的事情在辯護而已，當有些人能夠堂而皇之地說出類似「你如果關心那你去幫他們啊」之類的台詞的時候，其實潛台詞就只是在告訴你：「你關心的事情我並不關心。」

我一直覺得我的人生算是幸運的，即使我總是耽溺在自己的憂鬱與哀傷裡。我還能夠幸運地享有某些水準以上的物質條件，我幸運地只要肯付出努力就會得到回報（多寡不論至少有），我幸運地能夠脫離那個就要成為社會的犧牲品的環境。我是幸運的。但很多人其實並沒有辦法，他們就是會成為這個社會某些人口中的「必要的犧牲」。他們就是會被說成就是因為不努力才會落到現在這種地步。他們就是會好好地待在某些地方就會被某些人拿水槍去噴、去驅趕、拿探照燈照射。我們都有可能成為犧牲品。

有次參加一個研討會的晚宴時，我和其中一位老師提到文學獎獎金的用途，有一部分我捐了出去，原因是因為我們家從前受人幫助，現在有能力了我們家選擇幫助別人（雖然說真的那一部份割出去真的有點肉痛）。我所有一切都只是因著不希望自己推別人成為這個社會的犧牲品而已，沒有人應該犧牲，又有誰會自願犧牲。有一次在小小書店聽到研究所的一位學長朗讀了魯熱維奇（Tadeusz Różewicz）寫的一首詩叫〈給食人族的信〉，我很難過，因為我們都是食人族。我對這世界充滿惡意，我傲慢，我封閉，我頑固，我不想再當食人族，但是有的時候還是難免將人拆吃入腹。

在離開
陰暗的幽谷前

我對「霸凌」一詞有比較清楚的認識，是從漫畫開始的。我已經忘了看的第一本與霸凌有關題材的漫畫是哪一部作品了，但我一直記得第一次看到的那種震撼，像是內心中一直無法形容的某部分被漫畫家清楚地描繪出來了。在那以前，我對我自身所處的環境與狀況完全沒有確切的認識，只是一個人將自己關起來，不和任何人說，甚至也不要表現出來，因為沒有人能夠理解，也沒有人能夠給我建議，隨意地表達自己，無異於毫無防備地將要害展露在他人面前一般。

因為小時候醫生誤診開了大量類固醇的原因，有一段時間我的身體迅速膨脹，我被同學們以訕笑的口吻嘲笑，甚或是一些過於惡劣的行為（但對他們來說只是玩笑），所以我很討厭我自己的身體。因為自我有印象以來，這個身體帶給我的只有被嘲笑與被欺負。國中小時有一段時間我很痛苦，我試著和老師談論我的痛苦，但老師和我說，「你有沒有想過這有可能是你自己的問題，如果你能更開朗一點、更陽光正向一些，讓自己更瘦一些，他們也就不會欺負你了。」從那以後我就放棄了其他人談論我的傷心，因為我知道那只會讓我更傷心。

我想起漫畫《死亡預告》裡面有一話的故事是這樣的，一位長期遭受霸凌的人收到了政府所送來的逝紙（相關設定請自行參考漫畫），他滿心憤恨地找到曾經欺負他的同學們進行報復。但找到對方時，對方不是已經不記得他了，就是覺得那是他活該。後來他報復完之後茫然地走在路上，發現一個同樣也被欺負的學生，他和被欺負的學生說，「總有一天要報仇，在那之前要忍耐——你心裏是這麼想的吧？但是，在那一天來臨之前，沒有人能夠保證你是不是還活著。而且即使有一天你終於有能力報仇，到那時候他們早就把你忘光了，找這樣的人復仇也只是馬後炮而已。所以如果你有意要改變形勢，現在就去改變。既然要爆發，何不現在爆發？如果打算戰鬥，現在就戰鬥。」

我偶爾會覺得這些故事活脫脫就是人生的縮寫，對於那些霸凌人的人來說，他者的感受一律都是扁平的，只有自己的感受才是立體的。有些人說你給予土壤什麼樣的養分，就會生出什麼樣的作物。我偶爾會想，那些給予他人暴力的人，是否是因為他人給予他的也只有暴力？每每想到這我就不想再想下去，並非我理智上無法思考，而是我情感上無法接受。這些問題沒有答案，如果知道了，我能夠坦然地、毫無芥蒂地原諒對方嗎？

我自認我無法。

有一句話是這麼說的：「通往地獄的路往往是善意所鋪成的。」當現在的我回頭看過去的自己時，發現自己已經脫離了那樣悲慘的環境，也脫離了善意所建造而成的地獄。總會有一些人，他並非受害者，也並非物理上的加害者，他也不壞，甚至是熱心，但是他總會為他人的殘忍找苦衷，並告訴受欺凌的對象：「你爲什麼不檢討自己呢？為什麼那些人只會找你呢？這麼多人，為什麼那些人只會找你麻煩，是不是你做錯了什麼，所以才會造成別人過激的反應。」你說這種人壞嗎？他倒也說不上好壞，只是愚蠢，任何事情都想要先檢討受害者，就像是和被強暴的人說，你爲什麼被強暴呢，是不是你衣服穿得太少，是不是你引誘對方，不然為什麼對方只會找你。

有的時候都很想問問那些人（那些人隨處可見，甚至滑臉書就能看到他們，就像是隨處可見的蟲蟻一般），你知道你所認為的善意，都在為他人的地獄鋪上一塊磚嗎？我甚至不要求他人為當時的我出聲，甚至他們可以就繼續當他們沉默的觀眾，我只要求他們不要再用他們自以為的善意去解讀每一個人所在的困境，不要再用他們自以為是的角度將他人的痛苦扁平化，像是看紙上的故事，自以為理性地問對方：那你有沒有想過你被欺負，是不是你做錯什麼應該檢討？

若要我回答當年的我做錯什麼應該檢討，我想我做錯的就只有沒有在第一時間就選擇戰鬥。我沒有在第一時間就選擇爆發。我沒有在第一時間就告訴對方他們的行為是錯的。我沒有懷抱著大不了就是一死的心態去面對這些錯誤。我沒有在遇到類似錯誤的時候就立即出聲打破這個陰暗的幽谷。我沒有在老師要我檢討自己的時候和他翻臉。我做錯的所有事情都是放任這些陰影越來越大。

這個社會莫名其妙，所有人都在事情爆發之後才來解決事情。有人跳樓，成立專案小組調查相關問題。有人割腕，成立專案小組調查相關問題。有人燒炭，成立專案小組調查相關問題。有人殺人，成立專案小組調查相關問題。事情都發生了才來解決有什麼用？如果有被霸凌的人反過來指責霸凌者，就會有一批人跳出來說，他們固然做錯了，那你爲什麼要這樣咄咄逼人，這是整個社會最巨大的陰影，彷彿所有受害者都應該要照著他們想像出來的受害者形象才是一個合格的受害者一般。我只希望所有被欺凌的人都抱著下一刻就要死的心情去對那些加害者反抗，並且直接地戳破社會巨大的謊言——那不存在的光明，只有光明與陰影的部分越來越近，那些傷害才有緩解的可能。只有我們越來越不避諱去談論這些大家覺得應該要被掩蓋起來的、傳出去不好聽的事情，我們內心中的魅影才會被一一拔除。只有我們不再覺得「受害者」應該是怎麼樣子的，受害者才會慢慢地消失。

我們這些正在被霸凌或者曾經被霸凌的人們，我們做錯的只有沒有反抗，沒有戳破那些大眾們自以為的和平假像。談什麼理論，說什麼方法都太過多餘，這個社會總愛高談一些闊論，但我們其實連最基本的將彼此當人來看待都還沒做到，談論什麼都只是一場盛大的荒謬劇在演出而已。

人是一座座孤島，我們之間荒蕪且遙遠

在這個世界說任何話，對任何事情提出質疑、指正，似乎都要以資格作為通行證，然而絕大多數的人都不會認為自己說出的話是多麼荒謬的，例如同一群人，他們可以很自然、理直氣壯地說「我難道一定要選總統才能夠批評總統嗎？」同時轉過身就說，「今天指責我的、說我的不是的人、想扣我帽子的人，先看看自己什麼樣子，檢視一下自己人生至今的言行，再看看帽子是扣在我頭上還是留在自己頂上再說」。我不知道到底什麼時候我們才能結束這個莫名其妙的撒泡尿照照鏡子吧的反駁迴圈，我不知道到底什麼時候，我們才能夠有足夠的對他人、對世界的柔軟去面對一切，有事說事，有錯認錯。

我們彷彿真的是矗立在這世間一個又一個麻木的生物，我們說草木無情、我們說禽獸無禮、我們說我們是人，人間有情——但，情在哪裡？災難發生時，有些人自己都過不去了，還拿出自己僅存的一份錢捐獻出來，說這是自己的一份心意。有些人去當志工，幫助無助的人們。有些人能夠體諒他人的痛苦，能夠用溫柔的話語和他人溝通。有些人為了其他人犧牲、奉獻。這些是情。——而有些人，他們說自己憂國憂民，說年輕人，你們在指責我們之前，為什麼不身體力行？年輕人，你們為這個社會做了什麼？年輕人，你們在指責這些事情之前有想過那些被我們這樣說的人，他們做了多過分的事情嗎？

——有些人，你們知道你們現在跟你們最討厭的那一群人一模一樣嗎？

彷彿要戰勝惡魔，就要成為惡魔一般。對，這個世間沒有神，我們都脆弱，我們都是人，但是人與人之間最多的就是互相傷害、互相折磨。我們早該知道，「我們」這個概念其實並不存在，我們能夠代表的人少得可憐，「我們」是「我」的一種幻覺。我們強硬地為這個世界割裂出你群與我群，我們分類彼此，並且將對方打為惡的、不智的，甚至是非人的。我其實不知道我寫這些文字究竟想達成什麼目的，我想溝通嗎？我知道的，其實寫出這些事情對我想說的那些人們一點作用都沒有。我想達到對某些人的撫慰嗎？我其實也知道，多數受傷的人僅靠這些文字是沒有什麼作用的。我只能試著寫出一些什麼，作為紀錄。

我們都太在乎自己，所以常常覺得自己被冒犯，我們太看輕他人的觀感，所以我們能夠輕易地說出一些明顯傷害人的話，例如這兩天在談的事情是「事」，但是最後出現的言論變成對「人」，而且對人不夠，還要對「女人」，以一種非常訕笑、輕鬆的口吻說，班上都會有幾個這麼恰北北的女生，你們敢去玩這種人的肩帶嗎？我不知道是不是我誤會，為什麼「玩」他人的肩帶可以被當作一種正當的行為來陳述？我曉得很多男生內心應該覺得是小題大作，畢竟我是男生。我能夠理解在許多男生心中這是一種嬉鬧、玩笑，但對女生來說他就是不舒服啊？你拿一個人許多人不舒服的事情來開玩笑，後面一群人跟著留言從長相批評到身材，最後再丟一句——比起他做的事情，我們說的這些算是還好吧。

——還好？還好在哪裡？

為什麼一句「我們不應該對任何人做出強迫或使其不舒服的行為」換成「我們不應該對任何女性做出強迫或使其不舒服的行為」你們的腦子就會卡彈？是腦中迴路的軌道切換器出了什麼錯誤嗎？你可以在談論自由民主的時候說「狗黨就是不把人當一回事」，可以說「我們這個社會從來就沒有轉型正義過，那些陋習都沒有改變過，那些在社會地位有優勢的人都不在意其他人，所以才能說出那些不好笑的笑話」，但是這些話變成別人在說你的時候居然變成小題大作、正義魔人、借題發揮。——哈囉？你有事嗎？

甚至還說出一些更為惡劣的話，類似「人家就是被強暴過啊，有話語權」、「你沒被性侵過，不准講話」、「人家女性霸權捏，我們這種沙豬閉嘴」是不是今天所有事情都要量化，有實際被壓迫過、經歷過的才能夠對這些事情發出意見？痛苦能夠量化嗎？我不覺得。痛苦、不幸、絕望、傷心都不應該被評斷，我知道大家內心中一定會有一把量尺——或多或少都有的，因為絕大多數的他人發生的故事都與我們無關，所以面對他人的傷心跟痛苦時，很多人會想——有這麼嚴重嗎？有必要這樣嗎？他在激動什麼？他為什麼這樣？而自己永遠才是最重要的，別人都應該配合自己的看法，我說的那些傷害別人的話是笑話，別人應該笑一笑就過去了，為什麼這麼認真？不是說懂得笑就不會恨了嗎？

怎麼可能呢。怎麼可能懂得笑，這些恨就消失了呢。說真的我寫這麼多看不懂的人就是看不懂，任何思想都有激進的人支持，我知道女性主義有激進份子，我面對他們的時候胯下也是有種幻痛感，但我也能理解，為什麼女性中會有激進份子，因為就是有你們這些人，覺得這些都是玩笑。他人被強暴的時候你還要說這種長相對方還吃得下去，他人被性騷擾的時候你還要說穿這麼少活該被摸，他人受到不當的玩笑、欺凌的時候你還能說得出不自愛、不檢點、一定是自己風騷——欸，憑什麼啊？就是有你們這種人才會有那種整天都恨不得使出斷子絕孫腳的女性主義者誕生啊。

最近幾天看到一張圖，大意是大多數女性主義者在做的事情是砍斷腳鐐，而不是作男性的斷頭台，我非常同意這個看法。但我對此絕望，因為我看見的總是一片蒼茫。男性——或者說父權主義的確對女性有不公義的地方，但只要還有一大群人認為那些不應該發生的事情是玩笑、是女性活該，只要還有一大群人對女性抱持著一種無意識的惡意與鄙視，那這一天就永遠不會到來，與其說這些惡意是男人與女人之間的爭執，不如說是人與人之間的戰爭。你不知道自己在做什麼，你就永遠無法意識到自己多麼殘酷。人是一座座孤島，而我們之間荒蕪且遙遠。

人生有
太多哀傷了，
我要好好鍛鍊
不被輕易地擊倒

我其實不知道該如何幫這篇開頭，也沒有將自己究竟想說什麼想得很清楚，只是有一些心情，想寫出來，看看是否能夠稍微略述自己究竟在想些什麼。

我常常會收到許多人的私訊，其中有很多是傷心的人，大家會試著將自己受過的傷，以及痛苦的事情、令自己絕望的點點滴滴通通都告訴我。就我個人的立場，我很謝謝大家的信任，也知道大家可能是在生活中已經走投無路了才會試著跟我，一個在網路上、虛擬空間裡，現實中毫無交集的人傾訴（即使我知道有的時候是因為在現實中毫無交集所以才能放心說出這些話來）。除了這些較為大宗的類諮商訊息之外，還有另外一些訊息是我比較不知道該怎麼回應的，這些人會和我說，「你好堅強喔」，或者是「你為什麼能夠保持這麼快樂的心態」之類的訊息。

我一直想告訴大家的是，其實我並不堅強，也並不快樂，且時常我都感到絕望。這種絕望很難和其他人談論，因為這些絕望的原因在於，其實我知道大家並沒有溝通的可能。這些絕望的原因，可能只是其他人認為自己說的話只是輕飄飄的一句話，彷若沒有重量，卻全部都化為利刃，朝他人的心臟射去。我們必須要承認，這個世界充滿歧視。對的，這個世界充滿歧視，而且絕大部分在歧視他者的人認為自己一點錯都沒有，他們覺得這是玩笑，大家認真就輸了。

但這些真的很荒謬，每一個人都活在自己想像的恐懼中，所有可能的恐怖都是自己安排給自己的。我一直記得有一篇報導，在講亞馬遜的創辦人傑夫·

貝佐斯（Jeff Bezos）在一場演講裡面講到一句話：「聰明是一種天賦，善良是一種選擇。」我們在生活中會面對各種衝突、折磨，有些時候會產生痛苦，這些痛苦有些是人為的，有些則是因為我們選擇了善良，所以我們痛苦。有一段時間我會覺得，我們究竟為了什麼要直面這些痛苦。我有時候在想，我究竟為了什麼這樣時常書寫、時常寫下小結、雜記，討論一些什麼、爭論一些什麼。

許多時候這些事情看起來都與我無關。例如有些人在談論拉肩帶的時候、他們談論他人是「健康寶寶」，並說自己是生殖器的時候（原話是說生鳥比雞腿），例如有人歧視同志的時候，例如別人被抄襲的時候，例如死刑存廢在討論的時候（雖然我覺得完全沒有溝通的空間但我還是寫了），例如輔大心理系性侵事件的時候。我翻了我的資料夾，我寫了好多、好多的字，我為了好多、好多的事情生氣。我有的時候根本不知道自己為何生氣，但我就是每天活在傷心與憤怒之中。

我覺得自己只是不斷地在傷心，不斷地在絕望。因為我知道，我們其實沒有溝通的可能。我無論寫下再多的文字，有可能捕捉到的也只是本來就對這些議題有想法的人，我沒有辦法改變其他人，我只是脆弱的人，而不是神。我只是會因為他人的傷心而傷心，他人的憤怒而憤怒的一個普通的人。但我最近覺得累了，這個世界的哀傷實在太龐大了，每天都有處理不完的戰場在開啟，每天都有那麼多、那麼多人，覺得這個世界只有與自己有關的事物才是尊貴的，其他都是可以踐踏、隨意殺傷、隨意編派的。

我其實也知道這個世界是殘酷的。真的，這個世界非常殘酷，說到底「叢林法則」這一套規則，即使人類步入文明、建起了鋼鐵叢林，我們有科技、有發展，也還是叢林法則啊，頂多變成「鋼鐵叢林法則」。大多數的暴力已經從可見的、肉體上的殺傷，轉變成心理上、精神上的折磨。我們的文化規則說那是「野蠻」的，但是只是變成能看見血的是蠻荒，不見血的是文明。我們建造起更多規則，矗立起更多傷人的語言，我們每天活在言語的利刃裡，但因為肉眼不可見，他人就覺得毫無所謂。

每個人其實都只關心與自己有關的事情，我們會看見有一群人會在那些訕笑、諷刺，拉起族群仇恨的人下面說，這只是開玩笑。我們會看見在奧蘭多同志夜店槍殺事件時，會有人說那是因為同志都是娘炮，然後他還會發文駁斥大家說我用娘炮是因為我拒絕接受娘炮就是歧視的這種歧視。這些人即使智商都是負的，他們也能活得好好的，因為他們將自己全部交了出去，不願思考。

世界上有這麼多這麼多悲傷，每天都好沉重，每天每天我們都能看到一個人在傷害另一個人。幾乎所有人都只覺得自己的感受是最重要的。我每天都在披荊斬棘地過著日子，每天都告訴自己，不要被虛構的仇恨綁架了；每天都要告訴自己，不要被自己幻想的恐懼給征服了；每天都告訴自己，這些似是而非的謊言在我們面前，我要好好思考，好好地向前走，不要屈服於那些人、不要屈服於這些悲傷、不要屈服於這些絕望。即使有的時候仍會覺得自己被巨大的痛苦打中，很想暫時脫離這個世界，也還是要繼續走下去。

寫這篇前我在寫另一份稿，他要我和另外一個人彼此互問對方一個問題，我找了潘柏霖和我一起寫。潘柏霖問我，我覺得寫詩是我抵抗世界的方式嗎？我說我覺得我選擇繼續活著，就是我對這世界最大的抵抗。有的時候我哀傷到說不出話來，有的時候，我只能靠書寫略述我的心情一二。我要不斷拔除這世界附加給我的魅，不斷解除我自己對自己所下的暗示，即使悲傷也要繼續寫，即使痛苦也要繼續寫。我也只能這樣子活著對這巨大的歪斜、龐大的悲傷們作出徒勞的抗衡。人生有太多的哀傷了，我要好好鍛鍊，不要被他們輕易地擊倒。

感情
沒有成功還是失敗

日前推掉一篇要求要寫男性失戀經驗文章的邀稿，原因是覺得自己從根本上寫不好「男性如何面對失戀」這類的題目。

想想自己在這些年來，也面對了許多次的感情關係的建立與解除。這麼多年來，我覺得自己其實並沒有成長多少，自己在感情關係中，並沒有比任何一個人處理得更好。我們都清楚的——我們都沒有辦法在當下得到一個更好的自己。我過去面對感情的狀態就像是流水一樣，你來了，我謝謝你，你要走了，我試著挽留你，但我不會真的認真地去挽留。

所以你說我作為一個男性，我是怎麼去面對自己感情上的變動，或者說，如何面對失戀？我只是接受了「愛」或者「感情」作為一種情緒，有揚起也有低落的那個事實。我只是接受自己埋在內心中的自卑，然後毫無作為。我只是認清楚我們在這段感情關係中，是一個人和另一個人，我們之間對等，兩人之間誰想要解除這段關係，我都能夠理解並且接受，因為我們兩人之間並沒有誰從屬誰，所以也就沒有大家所常常有爭議的那些問題。

對我來說，在感情中如何面對自己比如何面對對方要來得難多了。我們都必須承認，自己只是一個脆弱的人，必須承認現實——自己脆弱，而且不堪一擊，更重要的是，我們時常自己打敗自己。許多時候我們認為自己將對方看得比自己還重，但其實不是的，我們仍然是在意自己的感受。有的時候我們耽溺於那樣無私奉獻的自己，有的時候我們使自己是個悲劇演員，但其實不是，我們大多時候是輸給了自己的軟弱。有的時候我會想，一顆心是多麼容易受傷啊，我們會因為許多無關緊要的事件，或者一句話、一首歌就深陷其中，然後自顧自地陷進自卑的迴圈裡。我們常常會使自己陷入自己所製造出的恐懼幻境中，例如要被拋棄了，又要一個人站在原地了，自己就像是那個幼時被所有人遺忘在原地的自己。當我們陷進恐懼的時候，大多數人會採取的是攻擊。

人多少都做過渾蛋，多少在處理跟感情有關的事情時處理得並非得體（事實上是絕大多數都很爛），因為沒有人教過我們該如何處理，甚至是如何面對，大多數人做的第一反應就是逃避。因為逃避就不用面對了，然而逃避是最糟的處理方式，但這些事要到很久很久以後才會了解（也或許一輩子就這樣子過下去了也從未回過神來就這麼一直渾蛋下去）。

嚴格說起來，我已經過了會相信永遠的年紀了，活到三十，人生遇過最多次的課題就是這世間沒有什麼是永遠。任何事物都會有變化，包括感情。人與人之間不可能永遠都如初見一般，萬物的接觸有時，離去有時，我們所能做的就是將一切我們所願意延展的感情延展到最大。相信人提到永遠時的那顆心，當下想的永遠都是真實不虛的。人會變化，意味著即便是一直相處的兩人，相處的方式也會有所變化。我們並沒有辦法從交往的第一刻開始到老去、死亡，都擁有相同的對話方式與相處模式，我們只能在有所變化的時候試著調整、協調，面對彼此的新相處模式。

如果真要說愛情有什麼輸贏，或成功、或失敗（結婚就是成功，離婚就是失敗、交往就是勝利組，分手就是失敗組嗎），當我們用心去投入的時候，成功還是失敗根本就不重要。當我們有在這段感情中認真付出時你認為自己是輸還是贏？如果真要說個輸贏成敗，我只能說敗者永遠都在複製失敗的結局，如果在感情之中想的永遠都是輸贏成敗，那這段感情也只有輸贏成敗，沒有其他。

「說話」

「很多人會問我們是不是家庭或精神狀態有問題，所以才寫這樣的故事。人們會預期你一定是這樣的人，才會關心這樣的事，但不是這樣的。就像很多人支持同志平權，並不一定同志，而是我們相信這個世界這樣比較好，這是價值觀。如果我們都只為自己說話，並不能團結起來，運動也大不起來。更重要的是，我們有沒有想清楚我們想要怎麼樣的城市、怎麼樣的世界、怎麼樣的生活。」——黃進（導演）。

我忘了自己確切是從什麼時候開始會為了同志運動、性別平權的議題而說話的，更確實地來說，我印象中的自己以前很討厭同志。討厭同志並非是因為他們喜歡同性，不是。不是因為他們男生喜歡男生、女生喜歡女生，而是對我來說，同志與非同志的人們一樣讓人討厭。我好像不只一次在文章內寫過，許多時候大家在吵男性女性，吵誰喜歡誰，誰能不能幹誰，吵說要幹哪裡都好，但只有肥胖者在大家眼中都是一樣的，在大家眼中，肥胖者是沒有性別的怪物。

以前有些時候我翻看社群網站會覺得弔詭，因為有些欺負過我的人，確確實實地有自己的生活，自己的人生——這很正常，誰都有自己的人生，一個再壞的人，他也會有自己的生活，和自己親近的人，或者是曾和自己親近過的人。有些時候我的內心會浮現恨意，即使他們生活受過再多的困苦，那也不是他們可以傷害我的理由，但我也知道，那跟他們是什麼身分無關，是他們自己的問題。那是他們自己的問題。

我是個心中有恨的人。我自己知道。我恨自己，也恨那些無來由充滿惡意的人。我知道許多時候我做的許多事情都是無用功，例如寫臉書，努力地做某些事，試著當個不那麼壞的人等等——我知道面對世界這麼龐大的惡意，我們每一個人都何其無力。我替很多人說過話，卻極少遇到他人願意為我說過什麼，雖然有的時候我覺得受傷，但這不要緊，因為我知道我自己在做些什麼，我知道哪些事情是對的，哪些事情是錯的。哪些事情是真正的愛而不是恨，而哪些事情他嘴上充滿了愛，卻全部都是恨的俘虜。

從我開始試著寫臉書開始，我替性別平權說話，有人會問我又不是女人為什麼要替女人說話、有人會說我就是想跟誰上床才替誰說話。我替同志說話，有人問我是不是同志、有些人以為我是同志，有些人說我一定是同志所以我才替同志說話。我總是不懂，這些人的人生為什麼粗暴直線到可憐的地步。為什麼這些人的生命中彷彿只有性一般，彷彿一切都跟魯迅說的一樣：「一見短袖子，立刻想到白臂膊，立刻想到全裸體，立刻想到生殖器，立刻想到性交，立刻想到雜交，立刻想到私生子。中國人的想像惟在這一層能夠如此躍進。」

生命是如此短暫又脆弱，許多時候我在想，決定這一切的就是一個人的自私與否了吧。當一個自私的人也許輕鬆又容易——世界上這麼多人，誰不是這樣過的？他們把其他人丟下，將那些可能會造成自己困擾的事通通拋開，彷彿生命中只剩下活著是最重要的。但人如果只要肉體活著，是最容易的，最困難的是精神上感受到生存的價值與必要。我這一輩子無助的時候太多，每一次我都希望有人能替我說話，當同學欺負我將我東西藏起來的時候，我希望有人能幫我說話；當老師用著低劣的玩笑傷害我的時候，我希望有人能幫我說話；當我走在路上，洗車工一群人笑我還拿水噴我的時候，我希望有人能幫我說話；當我在外面什麼也沒做，路過的父母指著我對自己的孩子說，你看你不節制就會像他一樣的時候，我希望有人能幫我說話；當我媽的兄弟姊妹跟我說看你這樣就活不過十八歲的時候，我希望有人能幫我說話。我遇到這麼多這麼多事情的時候，我都希望有人能為我說話，但一直都沒有。我相信有許多人其實只是跟我一樣，希望在某些時候，能有人為他說話，讓他知道他不是孤單的。

我會為誰說話不是因為我有什麼目的，也不是因為什麼了不起的原因，只是因為我覺得這樣子才是正確的，這個世界不應該有這麼多荒謬的恨與歧視，不應該總是有一些人站在那邊成為既得利益者，而有些人天生受苦。我只是希望我生存的世界是沒有那麼多惡意與恨意的。僅此而已。

堪堪過得去

想起曾有人問我，你對現在的自己滿意嗎。當時我回答，「無所謂滿不滿意啊，無論如何都是自己。」現在想想，我彷彿從未對自己滿意過，也從未喜歡過自己。許多人笑我喜歡俗濫的東西，包括連寫的詩也濫俗，我每次都想問，這世間上有什麼東西是超然脫俗的你告訴我。我就俗，就濫，我就喜歡寫那些我心中認為還有一小塊乾淨的地方，我就喜歡在我最絕望的時候留下一點希望。至於其他關於審美觀的事我覺得我說夠多次了。

人生裡發生過的事都像篩子，每經歷過一次我就留下一點什麼在原地，理論上剩下的自己應該是要越來越好的，越來越精細的，但事實上人並不是這樣的，人是在過了那些篩網後，會回過頭去看自己到底留下了些什麼的生物。人是那種會不斷地重複檢視那些篩子對自己造成的篩選、切割與剝奪的生物。在那些重複檢視的過程中，人會不斷地重複那些被傷害的過去。

常常說人生要是毫無悔恨就好了，然而事實上我們是擁有那些悔恨才成為現在的自己。以前常常恨自己為什麼會胖，試過運動、試過節食、試過長期催吐，恨過自己，恨過其他人對我做過的事情，恨那些沒有任何原因就傷害他人的人。後來發現有些人對於他人的痛苦都當作是玩笑與樂趣，然後我就試圖放棄這個世界了。

放棄這個世界的過程很漫長，也很難。簡單來說，我做不到。我看到看不下去的事情會罵，遇到不公平的事情會爭，碰到看不過去的人會出聲——我連應對人都是很俗濫的。我寫臉書，多是生活分享，當然大家說都是廢文我也毫無意見，因為一個人的生活對另外一個人而言本來就是廢不可言的。

如果真要說起來，我對現在的生活仍是不算滿意，但已經算是堪堪過得去了。想想生活每個階段都是這樣，堪堪過得去，然而卻也這樣子三十年了。我無法想像更滿意的生活，也無法想像更疲倦的日子。生活過得去，身邊有重要的人，願意為他付出、他也願意為我付出的人，我覺得自己過得比大多數人都要來得好。

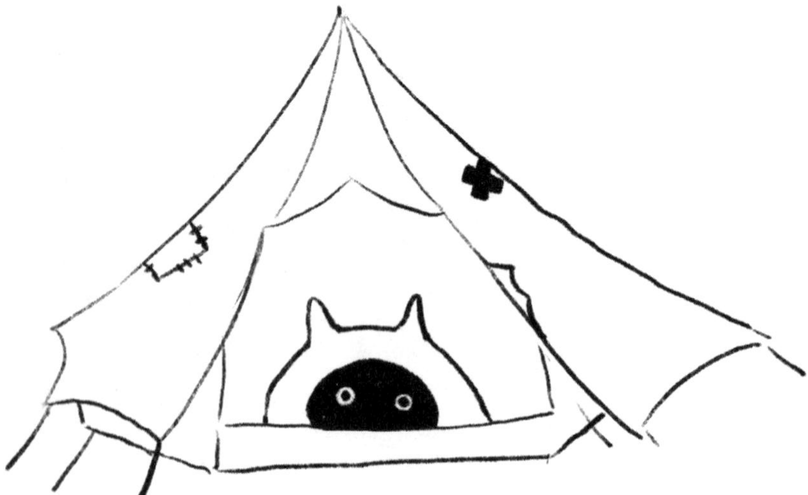

沒有出口的迷宮，是走不出來的

每次在看他人書寫自身經驗時，許多人會寫自己的經驗並不特別。

但不特別的經驗之所以特別，在於每個人都有相似的經驗，卻不是每個人都會選擇將它一一陳列在他人面前。許多人會害怕，怕自己的脆弱被他人掌握、怕自己痛苦的經驗，在他人眼中是一個不怎麼樣的笑話。說起來我也沒有什麼特別的回憶，只是我們都知道的——所有特殊的痛苦經驗，再特殊也是他人的痛苦。痛苦這種事情像火，你不自己親身去碰一次，你永遠不知道自己被灼燒的時候會有多難受。

我偶爾會在臉書上寫到，我並不是女性主義者（雖然許多人會擅自幫我歸類，以及擅自替我決定我因為什麼原因而說話）。我的確並不是女性主義者，我不管從哪個角度來審視自己，都並不認為自己是。我支持的價值觀有性別、性向，以及其他種種，但追根究柢，其實就是一句話——尊重他人。我們都該了解到這個世界並不只有自己存在，即使世界再荒謬，我們也該認知自己這個世界並不以己為中心。中心其實並不存在，我們能察覺到的都是某種偏移的結果。認知到這件事很難——畢竟我們的自私所掠奪到的、所侵占的，都是實在的好處。我們能夠確實理解這個世界做任何事情都是有代價的，只要代價足夠，就沒有無法完成的事情。但我想每個人都該回頭想想，當代價是自己，或者自身親近的人時，自己會怎麼選擇。

這個要求其實太抽象了，許多人無法理解自己是代價是什麼狀況，他們習慣犧牲別人，將別人當作籌碼，以為自己像個瀟灑的賭徒，在人生這個牌桌隨意地梭哈。他們站在階級的高處，掌握資源，用雍容優雅的姿態告訴大家——

你們該感恩。我們該感恩什麼呢？這個世界很奇妙的地方在於，真正幫助我們的人很少向我們要求感謝，反而是造成我們痛苦的人一直在告訴我們，你們該感謝我，你們若有絲毫成就，都是我的努力。這跟父母不太一樣，我們上一代的父母，大多都不知道該如何成為父母，許多父母想要孩子好，但不知道該怎麼做，於是最後只能複製他們的父母對自己做的事。大家想要的跟實際做出來的，常常是兩個相反的極端。我們的上一代父母像是在玩一種真實版的電子雞（甚至不是美少女夢工廠），要求我們讀書、克己，將所有生活都設置成單行道，時間到了我們自己應該變態成另外一種生物——我們應該孝順、開朗、外向、健談、對世界保持希望。正常情況下，即使父母做出許多錯誤的選擇，他們的核心概念仍是希望培養我們對於生活的抗性（當然，也有許多父母不配做人父母，人說天下無不是的父母，才沒有這回事，天下當然有不是的父母），而其他人呢？其他要求我們感恩的人，大多都是一邊剝削他人，一邊要人感謝他的剝削。

我們這一代人對父母的感受是複雜的，許多人知道父母是為我們好，但父母常常做的事情真的說不上是好，而是混合著上一代的高壓風格，與這一代幻想要與孩子做朋友的理想共進的。他們會認為自己應該要和孩子做朋友，但又無法真正擺脫自己身為父母、長輩的身分。我們這一代的父母說起來也很可憐，我們都不像他們一樣活在那個社會氛圍下了，我們會有自己的想法，甚至會付諸行動反抗，他們逃不了上一代的傳統，也沒有辦法強逼著我們承襲那個傳統，所以他們卡在中間無法動彈。

人很有趣的狀況是對自己都有錯誤的認知，例如年齡虛長了，大家就認為自己真的成長了，於是我們常常會看到有人用年紀去壓其他人，他們會說自己吃的鹽比誰誰吃過的飯都要多，聽他們的才是對的（我自己聽到這句話都會想，鹽巴要吃得比我吃的飯多，大概已經換了十顆腎了吧），長輩跟父母也常常會用輩分來壓我們，但現實狀況是，人這輩子都在處理自己在幼時所受到的心理創傷。人會在自己所受過的傷裡不停打轉，他會反覆糾結、拉扯，為什麼自己會有那些遭遇，憑什麼自己要受到那些痛苦、打擊。直到長大，成為父母後也仍是如此。許多時候家暴的父母也有一個家暴的父母，他們複製自己的痛苦，而他們對此並沒有任何反應，因為連他們自己都不知道在自己身上發生了什麼事情。人時常是肉體長大了，精神卻沒有，因為你的內心在受到傷害的時候就永遠停在那個當下了，你沒有處理好它，你就無法繼續前進。痛苦就卡在你的世界裡，讓你無法長大。

如果真要問我如何解決，我也沒有解決的辦法，我只能提供自己的方法跟給自己的心理建設給你們參考而已。我只是告訴自己，遇到了就遇到了，收拾好自己的痛苦，像我沒有必要去忍受他人帶給我麻煩一樣，別人也沒有必要要處理我的創傷。我們都不想遇到不好的事情，但許多時候我們就是遇到了，整個人卡在痛苦的記憶裡也不會讓自己變得更好。人生並不是所有事情都有解答，尤其是「為什麼是我」這個問題。我也沒有辦法解答，為什麼是我被欺負，為什麼是我身體這個樣子，為什麼是我眼睛出了狀況，為什麼是我必須解決某些事情，為什麼是我遭遇到了這些事情——這些都沒有答案的，哪有為什麼，我就是遇到了。

我後來就不問沒有答案的問題了，因為沒有出口的迷宮，是走不出來的。

愛你的人，在你活著時就會愛你

「當你開始死去，全世界突然愛你。」

這幾天一直看到這句話，研究了一下，是韓國女明星自殺過世的事件。此前對她完全沒有了解，看了一下，才對整件事情有概略了解。其實也沒想說什麼，只是想和我臉書上的許多人說，別相信死去後，世界才突然愛你這種話。

愛你的人在活著的時候就會愛你了，不愛你的那些人，在你死後愛你，那都叫做虛偽。那些在你活著的時候罵你，在你死後愛你的人只是藉著可惜你、緬懷你，以及那些為時已晚的自我檢討來表示自己還有良心，還是個人類。

那不是愛。所以不要說什麼，如果死去就能被人愛之類的話。

這世界上絕大多數人都搞不清楚自己在做些什麼，他們跟隨被建構起的道德觀、價值觀，並認為那就是真理。認為女人就該是什麼樣，男人就該是什麼樣，但是女人的模樣不可改變，男人卻有無數種藉口可為自己開脫。別被那些人騙了。你的人生是你自己的人生。那些人羞辱你，只不過是因為你表現得和他們不一樣，不是同一個工廠製造出來的玩偶。

人非常擅長用發生在別人身上的事來檢討他人，每個人都超愛擠別人臉上的青春痘，一邊擠還要一邊罵說你怎麼這麼不知羞恥，並以此為樂。我一直認為男性女性之間不公平，有很大的原因是因為絕大多數男性都又愛看又愛罵，那些人一邊羞辱著人家是蕩婦，說對方雙腿開開暗示對方淫蕩，說對方不應如此，轉身卻打開色情網站，特別愛看那些張開雙腿討好男性的「性」的女優或者漫畫。

不要相信那些人說的話，那是他們想要的模樣——在外要端莊，對內要淫蕩。他們才是那個搞不清楚狀況的人，他們才是敗壞風俗與道德的推手。他們說人不該誘惑他人，但事實上是就算今天一個女人全裸站在他面前，在沒有取得同意之前，他的手都不該碰到對方，這就跟一筆不屬於你的錢放在你面前，你若不經人同意拿了那就叫盜竊是相同道理。

最荒謬的就是這些永遠將自己的道德標準無限上綱的人。以為自己是堅守傳統道德，但其實做的都是傷風敗俗。

別在無蜜的蜂巢爭蜜

雖然整本詩集只有一首寫給阿存的詩，但這本詩集獻給他，謝謝他的陪伴，因為他我才能走過許多陰翳的低谷。希望我也能夠陪他走過他的陰天與晴天。

/ 1.

回過神來，距離我出上一本詩集居然也已經將近兩年了。因為要整理詩集的關係，我將這兩年間寫的作品全部重新整理了一遍，回顧了一下自己寫了什麼，修正作品中邏輯錯誤的地方，或者更正一些字詞的小瑕疵。

一邊整理，一邊也看到了自己在這些年間的改變。

從我開始寫詩到現在開始已經十多年了，這些年間我無論是作品，還是內容，都有了十足的變化。我還記得自己寫的第一首詩（雖然對現在的我自己來說，那甚至不達到能稱詩的標準），也記得第一次發現詩是如何作為一個隱晦的記事載體而存在的喜悅。我記得第一本詩集《輪迴手札》的第一首詩〈駱駝〉，是我第一次參加文學獎得獎的作品，我從我身為學生的角度去討論教育這件事，到我上一本詩集《好人》的最後一首詩〈讓你們說出這些幹話都是我們的問題〉，是利用時事新聞上報過的內容去諷刺時事。

平時我並沒有特別感覺到自己的變化，但將這過程一字攤開後，我突然意識到自己並非完全沒有前進的。我的意思並不是說寫詩的主題從自己變成他人之後是前進或後退，而是我在關心的事物，確實地產生了變化。我記得顏艾琳老師在我第一本詩集的序上寫：「以前的女性得有自己的房間，才代表創作書寫的自我完整性；而現代宅男卻得走出自己的房間，才能接觸腦袋中所想的事物，是否存在、是否一如所想的那樣？」當時的我與現在的我，關切事物的角度與面向，以及認知的程度都已經有了諸多不同。

這些年來我的寫作也有了極大的轉變，我的用字遣詞與寫作布局都與過去的自己不一樣了。也曾有人和我說可惜了，他覺得我能夠更接近藝術的本質，但我卻放棄了。我並不後悔。因為在這些年中我認知到對我來說，寫詩，或者說寫作，並不是一件全然「藝術」的事情，它包含了社會實踐以及溝通。不是指藝術無法溝通，而是對我來說，藝術的功能性，溝通的面向比實驗、超越更為重要一點。所以我知道自己可能永遠無緣於崇高的藝術，但我並不後悔。

所有的作品都有自己的任務與目的，寫作者應該要面對自己的作品，究竟想達成的目的是什麼。我在漫長的時間中找到的答案是，我想面對更多的「他者」。我在《共生》中寫要認知到自己的痛苦，在《鎮痛》中寫意識到他者的存在，並且想像他們的痛苦，在《比海還深的地方》寫認識他人的困境，像面對自己的困境，在《好人》寫認知到一件事的多面，並非憑單一面向就判斷對方的「好」或者「不好」。

嚴格說起來，前面五本我都在面對自己。我並不覺得面對自己有什麼不好的。許多人會說，你應該要有大敘事，要談論更大的事物。他們認為現代作者都寫小情小愛，都無法逃脫「我」的束縛。但「我」就是一，有了一之後，我們才能夠去連結到更多的事物。我們都知道許多時候要解決狀況的先決條件，就是要認清狀況。我們不認識自己，要如何去認識他人。我們無法永遠都將他人的標準當作自己的標準。鏡像理論說人是透過他人來建構自我的形象，形成自我的概念。許多人說他不知道該如何去想像他人的困境與感受，其實最簡單的方式，就是從自己的角度出發。

——如果是我，會怎麼辦呢。

／

2.

我是一個大家口中純正的漢人異性戀肥宅。

我非同志，也並非女性，我非無家者，也並非西藏人，我非原住民，也並非香港人，但我寫了很多跟這些身分議題有關的作品。有的時候覺得很荒謬，像是要談論什麼，為其說話，就會被質問說：「所以你是同志／女性／無家者／西藏人／原住民／香港人嗎？」我並非這些身分的人，所以我彷彿就不能為他們說話。

——然而那些傷害他們的人，也都並不擁有這些身分啊？

我們的社會環境要求我們證明自己擁有某些特質，才能為某些特質的人辯護。傷人者用自己的認知，去覆蓋、侵略、占領其他人的生活空間，要求他人應該照著他們的意思過活，但其實這一點道理都沒有。因為那些人傷害他人的時候，也沒有考量過自己有沒有傷害他人的資格。

我其實並不是很喜歡「文學是民眾的武器」這個論調，對我來說這個武器太貧弱了，面對那些不平等的暴力，我們要如何才能透過「文學」去拯救那些受苦的他人？面對那些傷害他人的人，我們要如何透過文學這個武器，去回擊，去告訴他們，沒有人能夠隨意傷害他人。其實我們並沒有辦法。我們談論了這麼多年的文學介入社會，要透過文學去介入現實，介入所有文學創作者關心的事情，但說到底的，文學到底該如何介入？我自己給我自己的答案是：透過溝通與共鳴。

有的時候我會覺得自己在做的，與其說是寫作，不如說更像是心理治療。有一派人對此說法嗤之以鼻，但我認為每個人都應該對心理治療保持一個更健康、開放的心態。每個人都更應該認知到，心理狀態並非禁忌，而是一個可以用開放的態度去談論的事物。我最開始對這件事有模糊的認知，大概是在《鎮痛》出版時。其實那本詩集許多部份都是我面對自己的產物，但我發現人會因為某些缺口，而將自己填補進去。人們誤以為自己就是那個缺口，缺口一旦被對上了，某些傷口的存在就會顯露出來。

而傷口要知道在哪，才有癒合的可能。

/

3.

整理這本詩集時，我發現整本作品幾乎都與政治及時事有關。也發現我已經極少單純只寫自己的事情了。每一首我都能說出與什麼事情、什麼議題有關。我試著在詩裡走更遠的路，透過途經許多地方，建構我想談論的目標形象。我用自己學習到的、觀察到的方式，將許多概念抽出來，也許變成情詩，也許變成談生活，也許是對話，也許是封信，讓我想談的事物更立體。

我知道許多禁忌之所以是禁忌，是因為未知與恐懼。所以我試著用更多的方式，去形塑它，讓它越清楚，它就越無害。我們社會許多的狀況，都源自於人們對其的無知，我們越避而不談，它就越恐怖。我們越將視線移開，它就越張牙舞爪，像個恐怖的怪物。

我們所處的時代，已經是個沒有大敘事的時代了，然而大敘事的神話卻還在我們的內心中活著。人在意識中潛藏著的，是整個社會給我們的刻板印象，然而我們從根本上就已經脫離了那個環境，卻還要自己用那種方式活著。我在一次聯合報台積電文學專刊中，和年輕的小說家朋友李璐，以通信的方式對談，上面寫：

「我們這一代頻繁地被人說是無病呻吟與情感蒼白，我剛開始接觸寫作時也常常被這樣說，後來我意識到，並不是我們和前輩們相比特別無病呻吟或者是情感蒼白，而是我們面對的世界已經不同了。我們不再像是前輩詩人們那一代一樣，我們不是大敘事裡面的一員，我們並沒有經歷戰亂，也沒有那些流離失所的經驗，我們能做的其實是更私人化的經驗描繪，文學寫作的主要陣地也從大的整體轉移到小的個體事件上，你會發現越來越多人從「我」的角度下手，逐漸勾勒出整個時空背景的氣氛與構成。這種轉變一方面是因為政治環境不一樣了，另一方面則是我們所面對的難題也不一樣了。

我們這一代是無力的一代，許多事情已經不是靠努力就能夠達成的了，我們工作、生活，我們努力，但許多時候生活會給你一巴掌，告訴你一切努力都是白費的，但你卻不能停止努力，因為你一停止努力就會被淹沒，一切都會歸零。這是很荒謬的一件事，卻又是這個時代最咄咄逼人的事實。」

現代社會的狀況是每個人都太努力了，然而努力的後果，是被那些希望不努力的人操控、傷害。我們這一代的年輕人希望被肯定、希望努力被認可，所以更努力，努力不被社會的印象沖走。努力跟上大家的腳步，努力成為一個稱職的齒輪。但這件事是這樣的，你越努力，你就離生活越遠。你越善良，你就越容易被他人控制。

我們努力的方向不應該是向那些人證明我們有資格為他人發聲，也不應該是向那些人證明我們有不接受傷害的資格，而是應該反覆地和他人談論，溝通，讓他人了解到有些事情，是不應該做的。現代社會就是一個巨大的蜂巢，人們是不同的蜂群，在無蜜的地方爭蜜，但我們應該離開這個沒有蜜的蜂巢，找到自己的蜜。其餘的話，就讓我用作品來說。

謝謝大家看到最後。每一次寫自序都覺得好像在拷問自己。

/

1.

前天和學弟討論到關於「同理心」這件事情。其實我偶爾會反省，是否我自身的「同理心」也十分的弱，我人際關係也差，也不擅於同理，那到底是什麼支撐著我走了這麼多路，又或者是妄自談論關於各種「溫柔與療癒」的想法？

我回過頭想，我的同理心其實就只是「設身處地」這四個字。我遇過一些人跟我說你要為我設身處地想想啊，但是那些人永遠只會叫別人設身他的處地，而不會去設自己的身，思考他人的處境。對此我是有點痛恨又有點遺憾的。

我的問題在於受過太多次傷，而這些傷無法避免，也只能慢慢癒合。現在的我已經不需要一直尖銳、一直傷害他人才能夠保全自己，我知道我可以做些什麼，不可以做些什麼，但是這些已經是現在的事情了。以前的我不僅沒同理心，還殘暴，我可以做任何事情傷害自己，同樣的我也能做任何事情傷害別人。

我只是知道了什麼能做什麼不能做而已。

/ 2.

我總在自我質疑，又自我恐懼，自我矛盾，自我抉擇。相信自己是好的，然而不相信自己也是好的。我仍活在物質的層面上，一切物質都攸關靈魂。有人覺得能夠獨立看待，但我不行。我不行。

/ 3.

每個人都活在自己的歷史所造成的傷害之中，待得越久痛苦就越深，我想離開那個循環之中。我學習的所有事物都是為此而存，我試圖用理性去跨越錯誤，用感性去同理他人的錯誤，然而有的時候仍是用理性面對他人的錯誤，用感性去面對自己的痛苦。只能不斷告訴自己——人生就是一場盛大的修煉。活著就是無盡的抉擇。善待他人與善待自己並不衝突。

輯二 | 孤島的囚籠

人類為什麼是人類

想了好久要怎麼開頭，試了好多種方式，還是覺得直接講講就好了。其實我知道這些事情其實說了也沒有用，在這種訊息大量沖刷的年代我寫了些什麼可能會被轉貼、可能會被閱讀，但是最諷刺的事情是對現狀根本沒有幫助，想說的什麼、說出了什麼通通都像大氣流動，輕輕地拂過大家，然而看不進去的還是看不進去。

我對於不好笑的玩笑們都持著一種不太開心的狀態，我還是要提到那句話——開自己玩笑才是幽默，開別人玩笑只是刻薄。好多人過著一種非常自在且隨意的生活，非常輕易地將自己的惡意包裝成玩笑，只要對方傷心、生氣，他就會回說——你開不起玩笑？我其實一直到今天都無法真正理解這句話，因為即使我開不起玩笑，那又如何？我跟你很熟？大家都太在乎自己的感受了，導致於無人願意真正體諒他人的感覺。

這個世界就是那麼殘酷且直接啊。有些人可以說著一些殘忍的話，然後說「我這只是善意的提醒」，有些人說完一些自己都沒意識到究竟說了些什麼的話，然後最後咬著牙說了另外一些讓人聽不下去的藉口。但我覺得大家只是過得非常開心、快樂，非常照自己的本能去活。我們都太容易將自己太當回事，他人的感受是什麼？我只在乎我在乎的事情，其他的人——我不關心的議題的那些人，都只是他物罷了。

你們真的瞭解過他人的存在嗎？你們真的不知道自己的價值觀跟判斷其實只是自己的嗎？你們這麼恨某些人將某些價值套在你的身上，然而你們卻毫不猶豫地將枷鎖跟刀劍往他人身上扔。我不知道該怎麼說了，真的。我真的不知道該怎麼說才好了。大家都只在乎自己快樂，自己的感受，所以這個世界才永遠這麼混沌，因為重建的速度永遠趕不上破壞。能夠將他人當作人看待的人永遠少於那些將人當作物來看待的人。

我對於某種狂熱的信仰感到恐懼，因為我知道自己的喜好其實只能代替自己，但有些人並不，他覺得自己的愛就是世界上最重要的事情，即使對他人來說那根本屁都不是。我們談論的永遠都只是幻覺，認為自己可以以自己關注的、熱衷的事物去壓迫他人。自己的主議題才是需要被保護、被保證在優先順序前面的。你們毫不猶豫地將刀劍插在他人身上，不過只是突顯自己的平板與淺薄。說到底，不談文學的人可能永遠不知道所謂文學的正統到底是什麼。不關心社運的人可能永遠不知道關心社運的人到底在在意什麼。不關心女性主義的人可能永遠都不知道女性主義到底在乎什麼。

但這些都不是你可以將人放在一邊踐踏的理由。有些事情其實沒那麼難理解，就是尊重兩字而已。每個人都要對方尊重自己，自己卻不太尊重他人。有人和我說他們只是惡趣味（而且不只一人用惡趣味這個評語），但我仔細想了兩天，我覺得他們就只是惡劣。

人類為什麼是人類，如果只是會諷刺跟恥笑、取笑他人，那其實猩猩跟猴子貌似也會。人類到底為什麼是人類。昨天晚上睡前跟朋友聊了一會，我說人類們根本就只是自以為是，人類說到底也不過就是野獸的一種。流氓不可怕，有文化的流氓才恐怖。你以為人類文明了嗎？文明比叢林更加殘忍。進行著看不到血的暴力，聞不到煙硝的戰爭。

痛苦指南

我有一篇日記裡面在談我人生中最陰暗的時候，我國中到大二這段時間，當時我的結論是什麼我已經不太記得了，我只是現在又想起來了。我雖然表面上看起來都無所謂，但是私底下我非常痛苦，任何事情他人問我，我都會說「還好」，這似乎已經養成習慣，我到現在仍是常常說「還好」。因為不說還好，我不知道我還能說什麼。說自己難過，他們會說別想太多，說自己沒事，但我自己知道，我並不真的「沒事」。我很「有事」。

彷彿眼淚永遠都要吞到自己肚子

裡，不然就是一種示弱的表現，然而示弱是可恥的。我很痛苦，但我說不出口，因為其他人不承認你有那種痛苦存在。包含我自己的親人都告訴我，你應該正向光明，不要讓自己被那些負面情緒的頻率網羅。你應該看向陽光、展向未來。然而這一切的一切都很不對勁。因為那個「痛苦的我」確實存在，然而你們不願意承認他的存在，好像只要我一痛苦，我人生的一切就都要被否定一般。

我其實是想用很柔軟、很溫柔的寫法來寫這篇的，但我發現我實在不行，還是直接點題寫出來就好了。在我小學時，有個老師說我找藉口，然後我的腳都已經發炎紅腫了，還拉著我去跑階梯折返跑。另外一個老師問我怎麼會吃這麼胖，然後說你的父母很不負責任。我上國中的時候，我的老師做電訪，和我媽媽說，他不知道要多不負責任的父母，才能把我養成這樣。我另一個國中老師，直接羞辱我說你這麼胖，到底覺不覺得羞恥啊。其他無關於直接針對我的，只是隱隱讓我有所感覺的老師我就略過不提。我要說的是，大家都毫無所覺得將痛苦一塊一塊往他人身上疊加，自己卻覺得這一切都是很自然、很正常的。

有一陣子大家在爭男女問題、吵身障與正常人之間的問題，我覺得不知所措，因為胖子的困境確實存在，卻不被大家承認這是困境。

所有人都說，這是你自制力不夠。

胖子是沒有性別的怪獸，非殘缺者的怪物。這句話我想講很久了，卻一直沒講出來，因為我覺得沒必要，也無所謂了。每一個人都用自己的角度去看待他人，覺得他人應該要照著自己所想像的那樣進行他自己的人生，所以我們會看到別人和我們說——你應該要正向、陽光、快樂。然而這一切的一切，太難了。難道你能夠再看到這世間無可爭議的黑暗之後，然後說這一切的黑暗都不存在嗎？我明明就知道有陰影在那個角落，我卻視而不見、略而不談？我沒有辦法。我當然知道這個世間有快樂，但同樣的，這個世界也有悲傷。你們能說悲傷不存在嗎？悲傷確實存在。

有些人會和我說，你們的悲傷都太渺小了，那些面對更大的苦難又能堅強活下去的，才是你們應該學習的。我有時候會突然地從這世界抽離出來，覺得這一切太荒謬了，所以我活在這個世界上還要被人評斷「不努力」、「不痛苦」、「無病呻吟」？人生存在的一切本身就是最盛大的一場荒謬劇。這個世間許多人都咬著牙過活，但只因為他不將自己的脆弱表現給你們看，所以他就是好的。這個世界同樣也有很多人很故意的將自己的脆弱表現給大家看，然後他需要關懷，他需要被忍讓，但是這一切都很荒謬，同樣的悲傷還是有分層次比較的。當我的大學老師跟我說難道我真的要把某同學逼死嗎的時候，我真想打開窗戶就直接在他面前跳下去。

當然我現在經歷過這麼多次斯巴達的個人訓練與自我釐清、自我治療後，我已經知道有些事情就算我死也無法解決。我有愛的人。我愛這個世界，即使這個世界總是充滿荒謬的刺。我很認真生活，我工作，我也寫作。我靠工作解決我生活的所需，靠寫作解決我無法解決的心靈問題。我有閒錢的時候我捐助需要的他人，昨天在臉書上看到一篇文章，他寫：

「社會需要的是，在上面的人，都能夠伸手，拉下面的人一把。一個拉過一個，一層拉過一層，這樣整體才會往上。大家的手牽在一起，才能織網，一個接住不幸墜落的天使的安全網。最起碼，當社會安全網織得夠堅固的時候，你不會因為老闆的錯誤而讓中年失業毀了之前努力得來的『所有一切』。」

我很努力這麼做了。我試圖用我有限的力量幫助一些他人。我捐款，雖然我有的時候真的很懷疑捐款的去處，但還是捐款。我盡我所能及幫助我看到、能幫助的每一個人。我能買玉蘭花我就買玉蘭花，能買口香糖我就買口香糖。有些人私訊給我談論他的故事，即使我可能在忙無法回應，我也盡量傾聽、盡量回應，或者轉介他們去尋求諮商資源的協助。人類無法獨自一人活在這個世界上，每一個人都寂寞，每一個人都痛苦，但這世間不是只有痛苦，也並非只有寂寞。

我知道對這些人來說，最痛苦的就是這樣的自己不被承認，好像那些負面的自己不存在於這個世界上，只存在於平行次元的陰影之中，其他人不願意理解你的痛苦，不願意知道你痛苦的原因，只想要你知道：你應該要快樂。我知道痛苦有泰半是這麼來的。就好像你要治病，你也必須先承認「病」是存在的，然後找到他，之後才能解決他。你不能跟一個癌症患者說，你就不要想那些啊，你要保持正向、光明，那癌症的頻率就不會找到你。你不能。

而我只是知道有些人會在我傷心的時候站在我身邊，我知道有些人會在我有困難的時候幫助我，而我想要成為那樣的人，並非偽善，而是實際的去做他。有些人會說我寧願把錢花在什麼地方也不願意怎樣怎樣，我總是想著，這麼說的人，有太多太多，都只是說說。在你眼前發生的一切痛苦難道比較低俗嗎？在離你遙遠之處發生的痛苦比較高貴嗎？你只是要痛苦符合你的想像而已。然而每一個人都用不著符合你的想像活著。

沒有人需要照著你的痛苦指南活著，承認它的存在你才能真正地握住它，
接著處理它。

拿自己開玩笑才是幽默，拿別人開玩笑只是苛薄

我寫過一段話：「彷彿要戰勝惡魔，就要成為惡魔一般。對，這個世間沒有神，我們都脆弱，我們都是人，但是人與人之間最多的就是互相傷害、互相折磨。我們早該知道，『我們』這個概念其實並不存在，我們能夠代表的人少得可憐，『我們』是『我』的一種幻覺。我們強硬地為這個世界割裂出你群與我群，我們分類彼此，並且將對方打為惡的、不智的，甚至是非人的。我其實不知道我寫這些文字究竟想達成什麼目的，我想溝通嗎？我知道的，其實寫出這些事情對我想說的那些人們一點作用都

沒有。我想達到對某些人的撫慰嗎？我其實也知道，多數受傷的人僅靠這些文字是沒有什麼作用的。」

我現在想的還是這樣。

有些人是永遠都不知道自己的所作所為有多麼惡劣的。

他們可以一次又一次地將自己的歧視、嘲笑、奚落、諷刺包裝成「不經意」、「不小心」、「為你好」，甚至是更直接的「玩笑話」、「陳述事實」，說所有因此而憤怒的人是「正義魔人」，然後說自己的發言是有關「性別」、「平權」。我們真的可以將這些發言視為一種「平權」相關的言論嗎？似乎也可以，因為相關並不等於為了弱勢而發聲，有時候你的發言只是再再表現出來自己的愚蠢與殘忍。兩次事件下面的留言都讓人感到無法置信，這些人與所謂「追求公平正義」的那群人真的是同一群人嗎？

於是我們似乎能夠如此理解，所謂的公平與正義，在某些人心中，並不存在於所有人身上。在某些人心中，自己是最偉大的，說的所有一切話都是「調侃」都是「玩笑」都是「正向、健康、快樂、無傷大雅」的。所謂的公平與正義只是口號，因為你們同樣要犧牲那麼多、那麼多的人，做你們的踏腳石，為了你們的快樂與平庸邪惡的愉悅日常而流淚。

我們是否真的無法去探知彼此的世界與傷痛？是，我們真的無法。我從以前就不相信所謂的「人同此心，心同此理」這句話，如果這句話是真的，為什麼有些人可以毫不猶豫地說出一些殘忍的話，並且說「是你太敏感了，我沒有什麼惡意」。有些時候連一個眼神都是傷人的武器，你卻可以毫不猶豫地將那些語言大剌剌地放在公開的場合，說這一切。說直接一點，坐在你旁邊是高是矮是胖是瘦是美是醜關你屌事？他吃什麼、喝什麼、甚至是玩什麼只要不干擾到你關你屁事？

好像所有事情都用「玩笑」跟「惡搞」以及「無厘頭」就可以得到赦免。好像所有惡劣的事情、所有糟糕的語言、所有無恥的言論、所有荒謬的行為都只要詭辯就能夠逃脫，好像只要好笑，這些尖銳的利刃就不插在他人身上一般。你們夠了嗎？你們到底要什麼時候才能夠認清自己做的事情是殘酷的？你們到底要什麼時候才能夠看清楚你們厭惡的不過是一個幻想，你們仇恨的是一個虛無的聚合體，你們舉起刀，落下時全都砍在他人身上，再舉起刀時一臉燦爛地說，沒有啊，我沒有想殺人的意思，我只是陳述事實，我只是說一些玩笑話，只是你們太認真了。你們太認真了，自己過來接刀，才會被我砍傷。

這種話術，何其熟悉？

我就不談論我自己過去甚至是現在遭受了多少，有些人永遠都覺得沒什麼，有些人每次看到我都問我有這麼嚴重嗎？有些人永遠都覺得自己只是說了一句話，有些人永遠都不知道自己一句話的時間就等於將他人殺死了一次。我從小長大到現在，有些人笑我愛吃，有些人說我不懂得控制自己，有些人說做一個詩人這麼胖很丟臉，有些人會開始檢討到你的生活，有些人會說你這麼胖難道一點都不羞恥嗎？有些人說你這麼胖生活到底怎麼過的，有些人說你這麼胖，怎麼還敢吃飯？有些人說你這麼胖，怎麼還不知道要節制。

我想有些人想說的不過就是，你和他人相較起來這麼不一般，為什麼不趕快去死。

你們要說沒有嗎？但你們在做的事情一直都是將他人往死路裡逼。我甚至已經不想談所謂溝通，因為我們之間從來就沒有溝通，這個問題不是一個人兩個人造成的，而是世界上的所有人，都不想跟外於自己的人產生對話。於是指正你叫做挑戰，糾正你叫做正義魔人，你只做自己想做的事情，所有反對你的人都在妨礙你的自由。然而我一直覺得所謂自由，是的，大家一直在講的自由，自由是什麼？自由不是我想做什麼就做什麼，自由不是我看你覺得噁心我就要說話傷害你，自由不是我可以隨口說出一些傷人的話。

自由是我可以選擇我不做些什麼。我可以傷人，但我選擇不要。我可以害人，但我選擇不要。我可以用言語刺傷他人，但我選擇不要。我可以毀滅一些什麼，但我選擇不要。這才是大家應該要去保護的自由。

拉肩帶之亂時，有個朋友和我說，那些人就是惡趣味，就是無厘頭。還有些人跟我說，他就是幽默，只是不會拿捏分寸。對於這些事情，我能給的回答永遠都是：拿自己開玩笑才是幽默，拿他人開玩笑，無論多麼好笑都只是刻薄，只是惡意。

沒有更多，也不需要再多了，跟這些人等我也沒有什麼好說的。就是因為有這些人，所有異於「常人」的都會經歷過多次的死亡，我們都是從地獄中爬出來的人，所有自信的毀壞、存在的質疑，甚至是存活的焦慮，與其說是世界就是這麼殘酷，還不如說是因為總是有這些殘酷的人在著。你們所有自以為有趣、幽默、搞笑的，不過都是惡意而已。就只是惡意而已。

當母豬作為一種虛擬的玩笑

彷彿對許多人來說，在網路上稱呼他人為「母豬」是可以被接受的一種與現實間毫無關聯的行為。對某些人來說，「蘇美不可能在現實中稱人母豬」，所以網路上的人們大家應該把這當作玩笑，因為「蘇美在現實中還想交女朋友啊、他生活更重要啊，他這只是一種理想的生活」。

我不能理解。我甚至不能理解那個什麼尚市長在說的話。退到一萬步後來說，假設「母豬」這詞真的是在說某一特定群體的女性，假設真是這樣好了（然而我們知道這社會上其實並不是這樣的，對女性的歧視是無所不在的，從「你是個女孩子，就該玩些女孩子該玩的東西」、「你是個男孩子，就應該喜歡一些男孩子該喜歡的事物」開始其實就是父權的陷阱），假設真是這樣，那些人也不應該被稱為「母豬」。我更傾向於用事件的屬性稱呼他們，例如愚蠢，例如自私，而不是虛構一個群體，並且說，「凡這類女子，我們都稱其為母豬」然而事實卻是只要對方說話不合你們意，你就說，「果然是母豬啊。」

同樣的一件事情，只要陳述的嘴不一樣，就有可能變成完全不一樣的事情。和朋友聊天，提到某些男人是這樣的，對他們來說，付帳、送宵夜什麼的只是小事，他們的目的就是換取交配而已，對他們來說，只要能交配，這些事情其實完全都不算什麼。想來男性的困境也是很可憐，因為從小就被人硬塞到某個固定的形象裡，於是我們肩要能挑、手要能提，要陽剛、要健壯，要能夠承擔。每次吵到男女講的都不外乎是那幾句，女性都只想要得到權利，而不想負擔責任。最誇張的是我認識的一家人，男方好賭、嗜酒，毆打妻兒，他老婆擔起全家人的生計，想跟他分手的時候他就哭哭鬧鬧說，我就知道你嫌棄我窮、愛慕虛榮，想要拋下我怎樣怎樣，然後就開始四處散布他老婆是母豬，還到處跟人笑說她是他幹過的破鞋，誰要就拿去配。過了好幾年，這人到現在還是活得很好啊，而且還是一直有人勸他老婆跟他復合，因為男人總有荒唐的時候。荒唐你媽啊？我知道男性有其困境，但大多時候大家對男性還是很寬容啊。

我一直覺得要那些人去理解所謂女性的困境太難了，因為對他們來說，女性就是很輕鬆啊，不用背負養家活口的期待，只要懷孕、在家顧小孩（我是說他們覺得懷孕是很輕鬆的事情），男性對女性的期待簡直不要太低，只要他能夠「出得廳堂、入得廚房、上得了床」就好了，然後同時還要擁有多重人格面具，在床上要當個蕩婦，在家裡要當個主婦，出去外面要當個貴婦。先不提這些對女性是多困難的要求，從生活到就業，從行為舉止到屁股大小都要被社會一一檢視。其實說這麼多，大家其實就是黑山姥姥而已，我對你的要求是這麼、這麼的低，我只是要你完全地服從我。

對這些人來說，我說說「母豬」有什麼不對？反正都是那些女生的錯，我嫖妓不是問題，誰叫那些女生要出來賣呢？不自愛！活該！我說他們騷貨不是問題，誰叫他們要拋頭露面！拍什麼照！貼什麼網！我叫他們母豬更是他們不對，你問我什麼是母豬？啊那些愛錢的通通都是母豬，但是如果你幫那些人說話，你不愛我、不喜歡我，你也是母豬的同伴，同樣是母豬！我其實很困惑，對這些人來說，他生活周遭的人都長這個樣子嗎？還是他生活的周遭其實根本沒有任何一位女性？

網路已經是我們的淨土了，你們這些「公眾人物」就不要用霸凌我們好嗎，網路應該要享有「匿名的權利」。你苗博雅何許人也？你是公眾人物，蘇美就算被封為戰神，但他還是個一般人啊，你這樣約戰他根本是在斬斷他後路，要公審他，要害他在現實生活中無法生存下去。蘇美他也只會在網路上說說啦，因為「人家也要過生活」。

說真的，不要把匿名權什麼的無限上綱好嗎。我當然知道網路匿名權有其必要，但如果你知道自己在網路上說的這些話，在現實中說出口就會讓自己被社會毀滅，那你還硬要說，這就叫無恥下流躲在螢幕後面耍賤的蛆蟲。

這跟那種匿名檢舉社會危害跟公共事務的匿名不一樣欸？你是匿名在說一些你明知道這些會傷害他人、以及這種話到底對他人造成多大影響且跟公共事務一點屁關係都沒有的事情欸？匿名自由跟性向自由、言論自由一樣？你不要揮著鹹魚當尚方寶劍好嗎？我也許可以理解某些人的恐懼，因為這種事情一開，自己就再也沒有一個小港灣可以每天發洩自己的嗜血了，但是沒有人必須要承擔你們的羞辱與嗜血。你們以為自己在捍衛匿名的自由？以為這真的是一種自由？以為自己真的是在為了一種自由、價值而戰？不，你們沒有喔，你們只是將無恥當成一種習慣，將自己的愚蠢作為一種價值在捍衛。

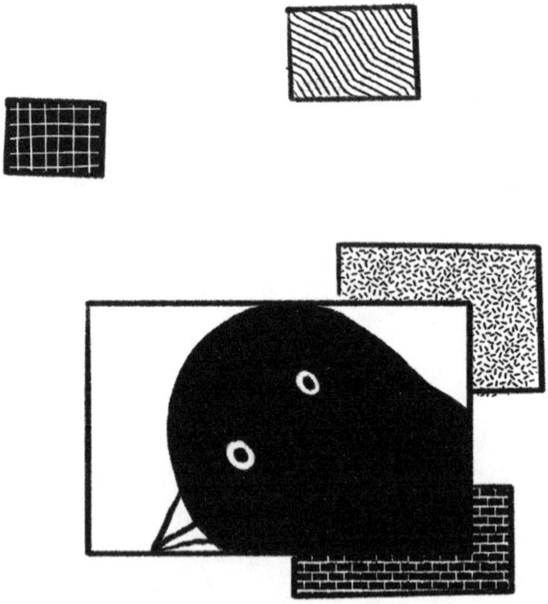

人活著就是跟自己的心魔對抗

我非常討厭自己，討厭自己的一切。從體型到長相，從精神到內心，看得到看不到的都討厭。有段時間一直問自己為什麼是這個樣子，彷彿人生所有的過錯都是因為這個樣子害的。這種狀態快樂是極難的。要怎麼快樂呢，你試著讓自己愉快，但是你走在路上就有人告訴你，你憑什麼快樂啊？你看你長得什麼樣子，你看你，不自愛、不懂得節制，所以長成這個樣子。你要小心你的身體，哪天你出事了，可能四個人還抬不動你。每一個人都在告訴你，你不應該是這個樣子的。

那我應該是什麼樣子？我不知道。我很喜歡的一句話是人生沒有如果。我沒有辦法回答所有假設的問題，因為我的生命並沒有經歷過那些「假如」。我每天都在跟自己的心魔對抗。我試著去運動，雖然現在因為忙所以沒有繼續去健身課堂，但我試著去騎腳踏車。一踩上腳踏車，我就會想到以前去買腳踏車時，車店老闆輕蔑的眼神說你這樣還要騎腳踏車喔，學摩托車比較快啦。想到以前國中還會騎腳踏車的時候，往返家的路途，沿路會受到的嘲笑。想到這些，我就會想到我只要想做些什麼，全世界都會聯合起來傷害我。

自己去吃飯，看到沒有位置，必須坐在他人旁邊，馬上就會決定不吃。去搭火車，如果可以的話就會把隔壁的座位一起買下來，就連經濟狀況不好的時候也是這樣。出門的時候，看到人多的地方就想跑。在網路上，一點都不想放上自己的照片。其實說到底，就是怕而已。每次意識到這件事的時候，就會想，人真的是很脆弱的存在，人會被很微小的一件事綁架。開始意識到要解決自己的脆弱是高中，那時開始試著寫日記，試著將自己所有陰暗的事物都陳列在大家面前，後來還印了一些出來，目前成為我的黑歷史擺放在少數人的家中。後來試著放自己的照片在網路上，剛開始的時候放上去五分鐘就想刪掉。逼著自己成為凝視猛獸的人，想著走一天算一天吧，直到現在，看到社群網站上放著的自己的照片，仍是想用力砸爛螢幕。

人生中彷彿從沒有什麼正向的經驗，想到的所有面孔，都是那些嫌棄過我、傷害過我的人。有的時候覺得自己很脆弱，就會將那些脆弱藏起來，堅強地活著，因為我知道人生其實除了自己之外，沒有誰可以幫自己走出夢魘。前幾天轉了《Lucifer》的一段對話，「你知道他不一樣，他會讓你感覺……」、「喜歡自己。」我不喜歡自己，因為自己總是活著就會被他人攻擊、傷害，但我還是要努力活著，試著喜歡自己，為了自己也為了那些能讓我感覺到喜歡自己的人。那些人對我來說，比那些讓我恨自己的人要來得重要太多。

一直告訴自己，別耽溺在悲劇主角的情緒裡，世界不會等任何人的，我不要永遠都站在原地。人活著就是一直在跟自己的心魔對抗，而且我要成功對抗它。我要大家知道沒有做錯任何事的人沒有任何理由要被他們的惡意驅逐。

面對自己的身體

/ 1.

有的時候面對身體是這樣的：

像是在黑暗中渡河，你沒辦法得知自己的狀況，只感覺到好像就要被淹滅了。每一步都很艱難，不知道這一步是對的還是錯的。有很多人在旁邊替你加油，但是那些人站在自己的位置用微弱的燈光指揮你前進後退，常常下一步就是萬丈深淵，但他們仍喊著你往前走去。你認為自己在朝一個更好的地方走去，你這麼做著也希望自己是走在這條路上的，只是在更好的路途中，障礙跟痛苦太多太多。相信自己沒有這麼容易，相信別人也許可以，但又何嘗不是一種放棄。想到這不免醒悟到醫病關係其實是很脆弱的一種信賴關係，大多時候人都是靠著催眠自己讓自己相信，要讓自己清醒地信任比想像中的更難。

／ 2.

朋友問我身體這樣，都不會害怕嗎。

我當然會啊，畢竟是我自己的身體，自己的狀況。我當然也能像一般人一樣，醒來就處在恐懼裡，將自己交給情緒，然後將自己的不安全都化為情緒對他人發洩。但我不要。

有的時候，人說真的，情緒上的事情就是有沒有意識到跟要不要而已。我知道會有無法控制的情況，但那個時候需要的其實是更多的感受自己跟控制自己的能力，只是當下我們不一定做得到而已。

身體變成這個樣子不是我自己願意的，雖然我也跟很多人一樣想過早早死去，但我想大家在想早早死去的時候想的是能選擇自己的死法以及至少不要死得太難看（當然我以前在想的時候也認為自己沒有選擇餘地）。

人對死亡的恐懼是一次一次地以為自己可以面對了，最後會發現在一層恐怖裡還有另一層恐怖，所謂的生死之間有大恐怖，對我來說就是恐怖之間還藏匿著許多恐怖的縫隙，他會在你以為你能接受的時候，竄出來讓你知道，其實你還不能接受。

生活有時很兩難，我知道自己需要人幫助跟照顧，伴侶的確也有照顧跟幫忙我，但一方面我會想不要給他更多麻煩，另一方面又會希望能被妥善地照顧（人的內心不分男女都有孩子的部分吧，不想承擔責任又想擁有好處）。有的時候看人說要跟自己的身體和解，我雖然不喜歡說我很努力了，但有的時候真的也只能認為我很努力了，我不想怪誰，也不想怪身體，一切都只能怪自己（甚至自己跟自己的身體是不同的），但有的時候無助的時候，不想怪誰也不想怪自己的時候，也只能說我好討厭自己的身體。

大概就是這樣吧。我不是不怕也不緊張，我只是盡可能讓自己維持正常，因為不管如何生活還是要過。每次都會跟人說地獄的組成是很複雜的，每個人都有自己的地獄。人世間的地獄不在於層數的多寡，而是在同一個空間內，我們自己就能組成一個不同層次的多元地獄。

/ 3.

身體出狀況後有時覺得自己處在一個走一步退兩步的困境，更艱難的是還不能不走，不然前功盡棄。有時也不是惋惜那些已經付出的「前功」，只是我需要給自己一個理由，一個讓自己不要放棄的理由。有好長一陣子的時間我感受不到活著的樂趣，所以將生活的重心全都挪移到感官上的刺激。但人是這樣的，不斷重複同樣的刺激，就會習慣，於是需要更強烈的刺激。我狂躁且無法停歇，也不甚愛惜自己，當時我想的就是活到哪就到哪吧，如果真的有什麼狀況，就提前結束自己在這個人生的旅程。

我們都說旅程、旅程，然而我們到這個世界上其實並不是來旅行遊歷的，更多的是在修行。我很難去解釋在這幾年間我的思緒轉變，我只是決定活下去，並且開始收拾自己過往所造成的殘局。這怪不了任何人，一切都是我自己的決定。也許我也可以稱自己的故事是悲劇——我先暫時用悲劇來談論好了，也許大多數的悲劇開頭都不是自己能決定的，但我們也或多或少參與了過程。有些人責怪他人，我也相信有足夠的理由。這世界上有許多人習慣將問題都歸咎到他人身上，或者說自己也沒有辦法。我認同，只是我也想說，如果你自己也承認是自己沒有辦法，那就承擔那個沒有辦法所造成的後果。

我們從活著到死去其實都只是在學習如何對自己負責。

一直對漫畫《王牌酒保》裡的一句話很有印象：「身體只是靈魂的容器。」雖然身體只是靈魂的容器，但若容器出現問題，靈魂也將動盪不安。持續這不舒服的狀況已四個月了，四個月來我費盡力氣，甚至是花費比過往更多力氣才能壓抑住自己的情緒。我不只一次想要將一切都歸零，生活、工作、人際，甚至是感情。

雖然我常常說人需要學會面對自己的孤獨，但人又確實無法獨活。最近幾個月，面對任何事情，最常浮現我腦海的就是，如果過得這麼痛苦，那為什麼還要繼續。我自己的答案是，所有使你痛苦，但你卻無法放下的，要不是你無法割捨，要不就是當你在深淵的時候，對方會陪著你走進人間。

世界並不為任何人而訂製

每隔一段時間我就要換掉一次自己的照片。

通常是把自己的照片換成喜歡的角色，過一陣子再換回自己的照片，再過一陣子再換成喜歡的角色，這樣反反覆覆。沒有很特別地跟誰說過這個原因，印象中有一週我換了四到五次照片。其實嚴格說起來，我就是無法控制的沒有辦法喜歡自己吧。每一次把自己的照片換成臉書大頭照都是在克服自己的心魔，放上去的瞬間就會想把照片換掉，點開臉書再看到自己的照片時又會想把照片換掉，心情就在這種想換掉跟要忍耐的狀態下反覆煎熬。

說起來自己也大概知道是什麼狀況，畢竟從小到大就認知到自己長得與這個社會的主流價值觀並不一樣。我是說，肥胖，且許多時候邋遢，幼時甚至帶著一點自暴自棄。我媽在我幼時就一直告訴我：「這個世界不是為我們這種胖子訂製的。」事實上長大後我才知道，世界並不為任何人訂製，只是有些人，活得更容易而已。我對世界真的沒有什麼特殊的期待或者幻想，我是指幻想說有什麼女同學喜歡我之類的，或者說期待有誰會為了我給我特殊對待之類的。我沒有這種幻想。當然我的確在成長過程中受到了許多特殊對待，但那並不是我期待的那種。

以前有人問過我，有沒有想寫自己身為肥胖者成長的心路歷程，我答沒有。其實現在想想也不是沒有，而是我不知道該如何說起。感覺從何說起都是哀憐。哀憐這件事情很危險，尤其是自顧自地哀憐，我很難去掌握那種有度的傷心，尤其是我並不想因此而領受到多少同情的時候。人在同情自己的時候是最脆弱的，也是最危險的，我沒有把自己置於險地的習慣。

每個人的生命都有自己的困境，我從未想和誰比較，譬如誰的傷心比較值得被同理，或者誰對死亡的感受更接近真實。人都只能和自己的感受對抗，或者從自己的感受出發。許多創作者是危險的，因為善感，也懂得描述自己的感受，在這個過程中，不經意地，離痛苦太近。有的時候甚至會跌進自己製造的深谷裡爬不出來。但人是這樣的，無論你懂得不懂得感受自己的痛苦，你都有可能爬不起來，當你無法自己給自己製造一個向上爬的梯子的時候，你不知道該如何是好，想站起來卻不斷跌倒，想往上攀爬，抓得卻全是空氣。

有些人說我是溫柔的人。

我不知道我是不是，但我想先說一件事。許多時候會看到人問我，為什麼寫這樣的詩。他們是說，寫這樣子彷彿更遠離現代詩美學的詩。有的時候我也會迷茫，我真的離文學很遠嗎？有的時候我狀況很好的時候，我很堅信自己是對的時候，我會呵呵一笑，認為那些人都說我在寫情詩，真的很敢說。有的時候我彷彿回到自己幼時，面對老師，每一個老師都問我「為什麼要這樣」，不回答就說我藐視他們，但我總認為老師不能怪我不尊敬他們，因為他們真的沒有值得我尊敬的地方。

我是這樣尖銳的人，是個受不起人說溫柔的人。

有時候我會想起自己為什麼寫詩，我為所有自己的痛苦而寫，所以我寫得晦澀，我沉迷於技巧及語言，我對如何替語言加密感到著迷，但後來發現我的目的並不是那樣，於是我開始改變自己，而改變自己，對許多人來說是一種背叛。但我並沒有要聽他們的意思。我的人生一直在試圖克服自己的心魔，從不敢和自己喜歡的女生告白到後來敢（你知道對一個對自己沒自信的人來說這有多難），從一個避免和人起衝突到後來甚至主動找人吵架的人（事實上是你根本無法避免和人起衝突，除非你不面對自己的感受），從厭惡自己到試著和自己和平相處，我試著跨越種種障礙。

到現在我碰到某些話題，還是很難有適當的陳述跟書寫，但我還在努力。昨天和朋友聊到，開始戒甜食後，最困擾的反而不是情緒上的問題，糖癮的問題，挨過最初那段時間就會好一點了，最讓我困擾的是我整個腦子都有種降速了的感覺，從生活到寫作，以前同樣內容的文字我只要花現在的一半時間，現在則花一倍，甚至還要反覆看過。我困擾的是許多事情，我彷彿已經沒有足夠的腦力去解決他們了，但在這整個過程中我也試著讓自己用更緩慢，也更放寬的心情去看待一切了。

我知道自己的一生也許都要用在克服自己的心魔了，但誰沒有自己的心魔需要克服。只能跟自己說聲加油，繼續努力。

面對自己

／1.

20180202

有的時候會看到人對我作品的評論是，「就讓文字停留在文字就好，別去找宋尚緯本人的照片會好一點。」之類的這種話。

說起來我不喜歡拍照也不是沒有原因的，畢竟從小自卑到大，雖然明白很多道理，例如許多時候別將那些關於外形的問題怪罪自己，但知道終歸只是知道。其實在最開始接受採訪的時候我有想過，是不是就做一個不露臉的網路人就好，但每次都覺得憑什麼？我不偷不搶，憑什麼我連露個臉都要小心翼翼像是易碎品一般？

我不覺得自己在寫作上有什麼特別的地方，但從小到大其他人對我這具身體的看法每天都讓我感到自己的特別——特別被排斥。這樣做類比好像有點不太適合，但我剛開始在閱讀性別議題的文章時，看到那些人的感受，就像是看到我自己一樣。在這個世界找不到一個剛好和我們一樣形狀的格子能安放自己，所有人在一個團體裡卻只有自己感受到隔閡。

這可以說是我敏感脆弱，有的時候也暗自慶幸，這麼多年來的傷害沒有讓我變得麻木。對許多傷害我永遠都覺得莫名其妙，但已經不像最開始那般感到痛苦。我知道忍受痛苦是會逐漸熟練的。

我只是想說，當我在網路上、遊戲中，毫不避諱地坦承自己的模樣的時候，是因為我認為我不需要欺騙大家，或者隱瞞自己是什麼樣子的人，因為我沒有做錯事，但那不代表他人可以拿這件事情來開我玩笑，因為「我不在意」。對任何人任何事都是這樣。

／2.

20200511

這麼多年，其實也習慣了——我是指，因體型與外貌被他人嘲笑或者拿來當談資這件事。你要說完全不在意嗎，倒也不是這樣，只是這麼多年來，我已經習慣，並且能夠告訴自己，我並沒有做錯任何事情。人生苦短，痛苦卻很長，我不否認自己也會羨慕其他生得有一副好皮相的人。有些人的外貌，看起來就是上輩子拯救了一整個星球免於毀滅才能夠擁有的，但除此之外，我已經並不特別討厭與痛恨自己。

人都是這樣的，羨慕自己沒有的，並且瞧不起自己所擁有的事物。我也曾羨慕某些人擁有姣好的外貌，也有聰明的頭腦。而我談不上聰明，外貌更是離帥有好長一段路。我很清楚自己的水線在哪裡，我這人充其量只能夠說是可愛，許多時候由於個性的原因，可能離可恨更靠近一些。十多年前還在讀高中的我可能會很痛苦吧，會認為自己到底做錯什麼，才會被人這樣傷害。但十多年後，現在的我，明白知道，別怪自己，也別怪那些人。

人的價值觀會在很幽微的地方體現出來，例如當人在吵架的時候，你會看到有些人一直強調自己其實很有名，你會知道，這個人在意的其實是名氣，而不是其它我們看到的那些枝微末節。你會知道當一個人越想假裝自己不在意的時候，就越會露出破綻。例如講得痛心疾首，彷彿整個世界都背棄了他，但最後你會發現對方的重點其實可能只是重要的人沒有跟他交關，沒有安撫他而已。到最後我們會發現，每個人在意的事情真的都不一樣。

所以我們一定要認為自己的外貌是醜陋的是錯誤的嗎？我們當然可以不這麼認為。甚至很有趣的一件事是，每一個人都會說，「你難道不知道自己……」不，我們當然知道，甚至我們這些大家口中的胖子、死肥仔、神豬們，在成長的過程中，罵自己的力度完全不會輸給你們任何一個人。人最可怕的事情是自我否定，不論遇到什麼狀況，只要連自己都開始質疑自己，那就代表你進入了一個死循環，因為你自己很難只靠自己就將自己拔出身來。你更像是陷入泥沼一般，越掙扎，你就越往下沉。這麼多年來如果真要說我在面對自己的身體這件事中學到了什麼，那只有一件事——我知道。我知道自己的身體是這個樣子，我接受自己的痛苦，並且不要再用這些痛苦在內心一次又一次地殺死自己。

我從來就不認為這個世界需要配合著我們運轉，所以傷害跟痛苦是必然的，只是我也希望那些給予他人傷害與痛苦的人知道，不是所有人都會任他們欺凌宰割。人當然可以用自己認為有殺傷力的方式對另一個人，但一定也有會讓你們痛的方式。但當然，最和平的方式就是大家都就事論事，不要無理的傷害彼此。

我們都是野獸，
只是撕裂彼此的
方式不太一樣

下午工作結束回到家的時候，和媽碰到了面，稍微聊了一會。聊的是最近他的哥哥，我的舅舅走了的事情。至於他的哥哥我的舅舅曾經和我們家發生了什麼事情我就暫且不表，這並不重要，只是我媽在陳述他在參加公祭時，儀式進行到要請一個人上台講一些緬懷死者的話，大家都不知道是誰，結果最後唸出來的是我媽的名字，據說在場的親戚無不冷汗直流寒毛直豎，就怕我媽在那個場合說出一些讓大家都不太好看，也無法收拾的話出來。

最後我媽沒有。

媽和我說他當時進入一種很奇妙的狀況，既不恨，也不激動，就處於一種平靜的狀態，像是接受了人生發生過已不可挽回的種種，也無所謂再對他們做些什麼。總之媽做了一個人生要保持擁有愛的狀態活下去，要一直記得自己要擁有愛啊的結論出來。

回到我自己家後我仔細想了想，覺得我當時的反應還是讓我媽措手不及。我看著工作的文件，頭也不抬就說，說到人生中要擁有愛我就想起來最近看到的新聞。我媽聽到新聞就知道我想說什麼，他說他也看到了，應該能有多快就有多快把他抓去槍斃。我抬頭跟他說，我只是想說這就是一般人的反應，這種反應跟愛一點關係都沒有。

我說一般人並非想藉此分類，用一般來凸顯支持另外一方的是「高尚」或者是「不一般」的。並不。我想說的是絕大多數人碰到這類事情首先會覺得荒謬，然後會覺得恐懼，接下來就像是被恐懼附身一般，大家會群情激憤，要把對方「殺掉」，以命償命。大家想殺掉他的這種反應是依循本能，想要把一個「隨時會攻擊、危害到我們性命的異類存在」給抹殺掉。

我媽說死刑是極刑，是用來制止犯罪的。我說但事實上死刑並沒有制止犯罪的發生，之前也發生了女童割喉案，而且在發生之後法務部非常迅速的批准了一批死刑犯送去槍決，但至今有嚇阻犯罪的效果嗎？沒有，而且發生的頻率越來越快。那問題到底出在哪裡，是死刑執行得不夠多嗎？我每天槍決一百個犯罪者有用嗎？我想不會有用，而且只會造成人們更加瘋狂。

我很佩服小女孩的媽媽，真的，是到跪下來膜拜的那種等級。我今天到現在還沒看過影片，只有在工作時廣播新聞時聽到他對於犯案過程的陳述。我無法想像那種狀況究竟要忍著多大的傷心跟悲痛才能進行一個有效的陳述，而且還要記得澄清一些網友或者不知道是誰的為什麼家人不在身邊的質疑。我回到家打開網頁看到他說希望從家庭、從教育讓隨機殺人犯消失，點開影片看完他敘述的過程我幾乎要哭出來。這太艱難了。對我來說這真的太艱難了，究竟要有多強韌的「芯」才能夠支撐他說完這些話。

我完全能夠理解支持死刑的人在想些什麼，不外乎恐懼，或者是沉浸在一個正義需要被執行的氛圍裡。我曾經支持死刑，但後來我發現我在乎的不過就是罪犯需要為自己償還罪孽，而存在於人類極限中能夠被想像的最痛苦的極刑，就是結束對方的生命。大家都以為將對方殺掉，這件事情就一了百了了，就從現實中被抹消掉了。但其實沒有，曾經存在的痛苦不會因為對方的消失就不存在。我不否認死刑在某些時候的確是存在著撫慰作用的。對許多人來說罪犯的死亡是一種創傷的修補，不僅是對當事人，也是對社會中的所有接受到「殘酷命案」這則訊息的人所產生的那些不安、恐懼，對加害人的憤怒，以及對受害人的同情、同理，或者是想到如果是自己該怎麼辦的心靈撕裂的修補。

死刑在大家的心中是作為一種修復材料存在的，大家因為那些「殺人命案」得到的傷害與恐懼，甚至是仇恨，都透過死刑的成立達到消解。因為絕大多數的人相信，以命償命就是公平，就是正義。確立公平與正義的存在他們才能夠安心。

我講到這又和我媽提醒了一次，而且死刑現在還是存在著的，大家都要廢死聯盟出來面對，這莫名其妙啊，這不就跟總統現在還在位，結果出什麼事大家都要總統候選人出來解釋一樣荒謬。

我知道溝通是困難的，所以我對每一次這種事情一發生就覺得心累，因為又會陷入無盡的咎責迴圈。然而那些問題從根本上就是有問題的，且我也不覺得這類的謾罵是有效的溝通。吵架對我來說是溝通的一種，而謾罵並不。今天我們在談論這些事情，應該要追的是結構，也就是我們的社會為什麼會製造出這麼多這麼多的所謂的「惡魔」，這些事情不遠的日本從很早以前就面臨到這種困境，也有相應的討論，然而每一次事件出來我們不去追成因，而是去追更外緣的一些事物，他有精神疾病，他失業，他尼特，他如何如何。

我知道，我當然知道任何的問題不能構成他去傷害另外一個人的理由，但問題是也許在他的內心從根本上來說就沒有對方是人的概念呢？如果對方只將他者當作「物」來看待呢？如果對於對方來說他去殺害他者的根本原因就是他想脫離這個社會呢？有越來越多的人將生命當作可以輕易談論、對待，甚至是決定其生死的他物來看待，在這個概念下，他殺死一個人就跟一個孩子壓死一隻螞蟻當作玩樂一樣。我知道大家所糾結的，但我也知道犯人內心有可能的景況。

我和媽說，新聞說兇嫌多是精神有問題，失業，多半年輕，承受不住壓力，那些是根本的原因嗎？真正的問題跟原因大家都不想解決，反正發生事情只要把對方解決掉，把他處理到大家看不見的地方就好了。我換個方式來說，我們心裡生了病，生活周遭的人只想把我們關在一個他們看不見的地方，眼不見為淨，任何事情都用啊他神經病啦來說，這樣對嗎？問題的根源在於我們嗎？

我又和媽提到昨日在網路上看到的一篇文章，我說網友的結論是，「雖然你爸強姦了你媽才生下你，但他願意跟你媽結婚就是願意負責，對你的愛一定沒有絲毫減少」，又講到今天的新聞，「反正殺一個人關一關就好出來繼續殺，不管怎樣廢死聯盟出來負責」，我問，你覺得前一個是對的嗎？我媽搖頭。那後一個呢？我媽猶豫著搖頭。

談到後面因為我趕著去外面買掐掐的貓砂跟雜物，就講得稍快一些。我說我覺得現在大家根本沒有溝通的可能，支持死刑的看不起廢除死刑的，廢除死刑的也看不起支持死刑的，兩邊都覺得對方的腦子有問題，我會跟你講這麼多是因為你是我媽，我知道你不會誤會我看不起你的智商，我也不會和你講到翻臉就不再跟你說話。這些問題跟長期附身在台灣這個島國上的問題是一樣的，通通都是假議題，但偏偏就壓在全體國民的身上，支持的未必腦殘，想廢除的也未必偽善，這些事情一再被提起，不斷被提起的時候，因為每一個人都已經有定見了，也不想聽對方要說些什麼，於是彼此就不斷被撕裂、再撕裂，兩邊其實都是恨，也無所謂原諒與否，人類就是被巨大的恨意與恐懼所驅動的生物，與其說大家所擁有的憤怒跟激昂是人性或感性，不如說是最原始的獸性。我們都是野獸，只是撕裂彼此的方式不一樣而已。我個人認為死刑存廢與否，這問題在我有生之年可能都沒有吵完的一天。

要足夠堅強
才能夠懂得溫柔

其實我還沒有看完整本書，但在大家看這本書之前，我想先跟大家說兩件事情，第一件事情是有關吃藥。

我第一次吃身心科的藥物是在我大學的時候，那是我第一次吃，也是我最後一次吃。後來我描述這件事情幾乎都是這樣說的，「我不吃藥的原因是因為那會讓我感到一切都失控著，即使看起來是好的，我在藥物有效的時候不會傷心了，也不會再做出很多傷害自己的事情了，但這件事情是這樣的，那是那些藥物跟我交換的人生，不是我的人生。」

我為不吃藥這件事情付出很多努力（也有跟醫生討論過），我花費極大的精神去克制自己的行為，甚至是思想。我也曾經落入正向的深淵裡，覺得自己應該開心，應該在生活中更努力，應該要處理好自己的情緒，然而要現在的我去描述這些努力的話，大概就是事倍功半吧。對現在的我來說，承認自己的挫折比找到自己的優點更重要；發現自己的傷心比一直去找讓自己快樂的事情要緊。後來我覺得這些事情是這樣子的，在生活中我們會碰到許多令我們傷心的事情、無力的事情，沮喪的事情，這些種種負面、低落的情緒，當我們不承認這些傷心的存在想將它扔到一旁，用另外一種偽正面的思考去取代它，或者是將低落的自己交給一些神或者命運，那些更大的什麼的時候，其實只是在逃避面對自己。

我曾經和自己的母親有諸多衝突，他一直告訴我，「你要更正向、積極、陽光一些，你一定可以」，或者是其他相似的話語，我聽到的當下與其說是憤怒，更像是傷心，而且無法調適。後來我花了非常多的時間去釐清我究竟在傷心什麼，這一直到很後面，到我研究所快畢業時我才反應過來，我難過的其實只是「不被承認」而已。我的傷心、痛苦，以及那些我一時無法言喻的難受，明明就是存在著的，我明明為此煎熬、煩惱，這些負面的我也是我，然而在生活中，我們常常碰到的狀況是這樣子的，那些痛苦與煎熬是你自己的問題，大家不承認這個你，然而你快樂的時候、開心的時候，你要和大家一起分享你的愉悅，大家也會很樂意地靠近你，這個是大家承認的你。

然而明明不管開心的自己，還是傷心的自己，都是自己不是嗎？

我其實覺得很多時候憂鬱症患者，或者說有內心有狀況的人們，大家缺乏的並不是其他人所說的「正向思考」，也不是「不認真生活，整天想東想西的才會憂鬱」，更不是「不努力」，許多時候，正是因為太努力了，我們才陷入這種進退兩難的窘境裡。正是因為大家太認真面對生活中的一切，所以才會對這些生活中巨大的差異感到哀傷，甚至是痛苦。海濤法師最近因為說「假的」

而被大家瘋傳，為什麼大家會覺得「假的」是好笑的，是因為大家都很明白這是在自欺欺人，同樣的，當你不承認自己的脆弱，反而迅速將自己的脆弱埋起，用各種正向的、充滿神性、靈性的語言要求自己忘記這些痛苦，這不是眼睛業障重的問題，這是整個人業障都超載了，在超載過後，你會感覺到自己如同悲傷被下載了無數次一般。

有關藥物、精神支柱、信仰，這些事物對我來說在許多時候是有用的，但不過是作為一個鎮痛劑般的存在。麻醉用完了會痛、幻覺過去了會醒，對我來說，握緊自己的脆弱，承認自己的傷口，他才會是真實在著且會慢慢復原的存在。

•

第二件事情是寫日記這件事情。

我覺得在所有書寫中，日記是最難寫的。這其實無關於羞恥，也無關於文字技術，而是你是否能夠誠實地面對自己，運用文字，調動你生命中所經歷過的一切感受，將自己所感受到的痛苦、傷心、快樂、歡喜用文字具體地描述出來。寫日記不用多麼高深的文字，也不用很華麗的技巧，也無關意象，但同樣的，當文字捨去了技巧，捨去了太多的遮遮掩掩，它等於就是赤裸裸地站在大家面前，將自己的一切都掏出來，放在大家的眼前，不堪的也好，美麗的也罷，他就是在那裡。而這樣無遮掩的文字，能夠引起其他人的共鳴，或者感觸，就是很偉大的一件事情。

年紀大了之後我反而會更相信一些物質以外的事物，例如愛，例如奇蹟。看了這本書，雖然我還沒有看完，但我也能感受到他是多麼認真地在面對自己的哀傷與痛苦。而這對我來說，就是生命中的小小奇蹟。他詳細地描述自己的情緒，小心翼翼地描寫那些痛苦時的細節，例如憤怒、傷心，甚至是孤獨，以及那些無法對人言說的內心世界。當有人選擇將這些脆弱時的細節通通攤開在我們面前，告訴我們這是他最脆弱的時候，而且他走過來了，我們怎能不覺得這是一種奇蹟？

我們要跨過多少內心的障礙才能夠將自己內心的事情略述一二？生命中有多少殘酷的事實發生在我們的眼前，我們在生活中，是多麼頻繁地同時被他人忽略自己的感受與忽略他人的感受（當然我知道也有例外）。這本書也許從文學的角度來看，沒有技巧，也沒有那些偉大的什麼，但對我來說他已經足夠偉大了，因為他試著慢慢剝除自己的防備，將自己攤平，呈現在大家的面前，只是想讓大家知道，在這些過程中，究竟發生了什麼事情。

許多人都對心理疾病抱持著負面觀感，甚至是恐懼。絕大多數的恐懼都來自於未知，我個人認為他人的心理狀態絕對是排名在未知事物的前幾名，我們只能不斷地以自身去揣度他者，所以常常會造成狀況的惡化。在生活中我們，或者其他受情緒所苦、受心理疾病所困的人其實只是需要被他人接住，甚至不用接住，在旁邊說一聲，讓我們知道有人在著就好。許多事情其實只需要有一個人能夠傾聽，能夠讓我們知道我們並不是一個人在，狀況就會好上許多。我們常常在生命中迷路，在生活中迷惘，甚至沒有自己，沒有重心，隨著萬物飄來盪去，在這本書的文字裡，我看見了許多時候他也迷惘，但一直有人在他身邊，彷彿在告訴他我在，你並不孤單。而他在這本書裡也不斷告訴著其他人他的存在，所有有類似狀況的人，都並不孤單。

對一個人來說，溫柔實在太難太難。你要擁有一份溫柔，你必須有雙份的堅強才足以支撐自己的溫柔。最後我只想引他媽媽和他說的一句話，「得學會怎麼尊重每個不同的人生經驗和價值觀。」當我們能夠懂得尊重他人的傷心，我們同時也是在尊重自己的痛苦。

——收錄於《親愛的我》推薦序

有的時候我會問自己，自己算不算是個壞人。

1.

還好好活著的人都是好人

我從小到大也做了許多「壞事」，偷竊、說謊、打架、翹課、頂撞師長、不敬長輩，在我成長的這些時間中，我是做了這麼多令人頭疼的事。有人說年輕的心思總是曲折、難以理解的。當然難以理解——就是因為連自己都不理解自己在想些什麼，所以才做出這麼多令人頭疼的事。

從我有印象以來，我的生命就沒有目標，從來沒有。不敢說自己活在多艱困的環境，但總的來說，也不是一個令人能夠安心生活的狀況。我沒想在這說自己經歷過什麼，也沒想說其他人都對我說過些什麼，因為那些畢竟是「我的事情」。雖然有些事至今仍有令我想哭，但那些也都是過去了。只是有的時候我會想，只是想——像我這樣子的人，到底算是怎麼樣的人。

在我活到現在為止這有限的時間內，因為自身不慎犯的許多錯，與命運安排的緣故，我看過許多「壞人」。他們有各式各樣的，有沉迷於暴力的、沉迷酒色的、沉迷於慾望的、沉迷於控制欲的，無論這些人是什麼樣子的，他們都有一個共通點，全都像是走在鋼索上的人，稍一不留神，就會摔得粉身碎骨。

還有一種人，常常造成他人的痛苦，但我卻說不上他們到底是好還是壞的人——那些沉迷在自己「善意」之中的人。

/

2.

人都有自己的信念，或者說那些信念不過就是我們所擁有的價值觀，當價值觀碰撞的時候，人們就會為其起爭執。和平的我們所能看見的各種爭執，大抵上都來自於價值觀的碰撞。

有的時候我會想，我有什麼信念嗎？

我想到自己成長的過程，無時無刻不充滿憤怒。我從早晨睜開眼到晚上闔上眼之間的時間都處在憤怒中。過去的我因為自己而憤怒，而最近幾年的我則是因為他人而憤怒。我在過去有說過，我為那些無解的事情感到憤怒，然而世間所發生的事情，絕大多數都是無解的。

或者該說，解決的辦法都必須傷害其一。

3.

於是人是這樣不斷地傷害他人而成長的。

人是作為各式各樣的材料存在於世界上的，但不管是什麼材料，成長到一定的年紀，都會逐漸被世間磨得越來越薄、越來越銳利，最後成為一把利器，斬人斬物無往而不利。

同樣的一把刀，有人選擇將利刃對準他人，有些人則選擇將利刃指向自己。

4.

意識到這件事情後，我一直在想我是哪一種人。我是將利刃放在他人身上的人，還是將刀口指向自己的人？

我哪裡都不是，我只是想讓自己維持原樣的材料而已。我只是費盡心思，用盡一切氣力也想逃過那些將自己磨得鋒利並傷害他人的念頭而已。

我只是不想再成為這個循環裡面的往復不休的一個齒輪而已。

╱ 5.

人的快樂和悲傷都是暫時的。然而快樂總是過了就頭也不回的走了，悲傷總是會不斷地往返在自己和記憶之間。無論記憶有多麼地漫長，都很有可能只是一瞬間的事情罷了。

從我開始寫詩到現在，有幾個狀態是我的主軸，在一段時間內，在我寫詩的時候我會有一個最主要的心理狀態，最開始的我寫詩為了自己的痛苦，前幾年的我寫詩為了憤怒，最近這一年多來的狀態主要則是為了能讓自己更平靜一些而寫。

我知道自己沒有立場叫任何人放下痛苦或者憤怒，然而對我來說這樣已是最好的狀態了。我知道世間的一切都是暫時的，然而我也曾經有跨不過那個暫時的時候，所以我也總無法和跨不過的人說，這一切都是暫時的。所以只能寫詩了。我寫詩並不為了藝術，也不為了什麼高度，最初只是為了活下去，而到了現在，我只是有話想說，卻又說不出口。

人其實是極為複雜卻又簡單的動物，我們可以做出許多極難理解的行為，就為了遮掩一個極為簡單的動機。許多時候，我們想說的也只是寥寥數字，卻用長篇大論將那些核心埋藏起來。

/ 6.

在這一年裡我開始被工作所淹沒，發生了許多事，也在工作所附帶的經歷裡感受到了許多事情。這些年來我和越來越多人告別，每一次和他們告別的時候我都會想，在這世間走這一遭到底是為了什麼？

我們都庸碌無為，拼命地在生活中掙扎求生，然而每個人都有每個人的困境，我在生活中遇到越來越多痛苦的人，每一個人都將自己的痛苦抱得緊緊不放——想來也是啊，畢竟是那麼地痛啊，畢竟已經是自己無法忍受的範圍了啊。我這些年來在力所能及的範圍內外幫助了一些人，有些人成功地「恢復」，回到「正常」的生活，而有些人則開始連生活都開始失能，於是我開始猶豫自己的行為到底是不是正確的。

我沒有答案。

7.

我只是想到了我自己，過去的我自己。

我在生活中能依靠的只有自己。痛苦也好，傷心也罷，許多事情我自己承擔。我笑嘻嘻，因為我不希望被他人同情；我試著用挑釁的態度面對其他人，因為我不希望自己被欺負；我嘲弄自己，因為搶先他人嘲弄自己就不會被他人當作武器傷害自己。

我在想那個時候的我，很希望有人來幫助我吧。但後來想想，還好沒有人在那個時候幫助我，否則我一輩子都站不起來。於是我想，許多人需要的可能不是扶他起來的力量，而是意識到有人在旁邊看著他起來。

人真的很複雜，用同樣的方式去對待一百個人，可能會有一百種結果。

我只是告訴自己，成為冷硬的石塊，也是一種對他人好的方法。

8.

想來也是很困難啊，我是說寫作。寫作的人說自己不在意他人的觀看那一定是假的，因為無論看起來再怎麼樣不在乎的人，實際上還是會在乎他人的評價，這似乎是寫作者的一個共有的業障吧。人會「說話」，畢竟還是希望有人能「聽」。

但生活也是一樣的。沒有人是不需要被肯定的。所以不要為此而羞恥，但要因此而警惕。

/ 9.

我到現在還是不知道自己究竟會不會一輩子寫下去，這世間不知道的事情太多了，但就是因為不知道，這一切才有去經歷的價值。就像有些親戚總在我國小時說我活不過十八歲一樣，我不活到十八歲，我怎麼知道他說的到底是不是謊話，我要是沒有繼續活下去，怎麼會有今天的我？

我的一生中有許多低潮的時候，在谷底的感覺很痛苦，像是再也沒有辦法繼續下去了一般，甚至感到窒息，整個世界都像是在排斥自己一般，只是再痛苦的時候也有過去的一天。

有人將生活比喻成馬拉松、有人將生活比喻成前進邁步，但其實都不是，因為無論你願不願意，時間都會繼續推動下去，你停下的時間只屬於你自己，與他人無關。沒有人會停在原地，只有不斷地回到原地，回到那個悔恨的自己，回到那個痛苦的自己。

我不覺得自己是個壞人，但我也不覺得自己是個好人，我只是個試圖看清楚痛苦，跨越過去的人，僅此而已。我不覺得這世界上有多少人真能被稱為好人，但同時每個人都是好人，還好好地活著的，都是好人。

生活再過去一點
就是地獄，偶爾
的快樂都是天堂

我精神狀況最差的時候約莫是在大學時，那個時候活著對我來說跟死了也沒有太大差別，我記得我一個人走到頂樓，然後坐在邊角看著下面的景色，接著電話響起來了，連續幾通，都是平常不會聯絡的朋友，然後我又發了一下呆，接著回到宿舍把自己關在宿舍中一個禮拜，吃就隨便吃點，喝就打開水龍頭喝自來水，我睡不著，但也不想醒著，打開一本又一本的漫畫，那週我看了《潮與虎》、《傀儡馬戲團》還有其他的一些什麼我忘了。

對我們這樣的人來說，快樂實在是太難得了。快樂是倏忽即逝的，你以為你得到它了，但下一秒它就又消失了。以前吃制約了我，食物的美味最直接地刺激我的感官，吃到喜歡吃的東西就能解決我的不快樂，所以我吃。現在吃對我來說也不行了，痛苦的時間比快樂的時間要來得更漫長。我找了許多方法，試圖讓自己快樂，讓自己不要被情緒控制，要求自己成為自己的主人，不讓自己被情緒帶著跑來跑去。

以前的我總是想死。想死的原因來自於對生活的期望有落差，來自於我對生活再也沒有期望了。當時的我在想，有什麼好期望的，人活著就是不斷地互相傷害，我們舉目所見都是剝削與被剝削，人常以自己能夠宰制他人為樂，甚至是引以為傲。其實活著也沒有那麼痛苦，只是那時我偶爾會想，雖然我一個人活著也並不痛苦，但也並沒有任何值得快樂的事。

——有時候這就是分界點了。過去一點生活就是地獄，回來一點，偶爾的快樂都是天堂。

我承認嚴格說起來，我是個很惡毒的人，我尖銳。我看過太多人對他人的死活毫不關心，也看過太多人懷揣著惡意對待他人。死是什麼我也沒有過經驗，但有很多恨不得直接去死的時候。現在的我可能因為時間長了，經歷的事多了，更有可能的原因是這麼長時間我也感受到了其他人對我的善意（尤其是和伴侶交往之後），有的時候覺得我的心是不是也變柔軟了一些。我不知道，因為許多時候我仍是覺得該怎樣就怎樣，不要拿多餘的情緒出來，但有時候我會覺得，其實那些看似過不去的，睜一隻眼閉一隻眼也就過去了。我常常看到「有病就該去就醫」的言論（甚至我自己以前也會這樣說過），我不知道大家看到這句話有什麼感想，但我知道有許多受精神狀況所苦的人，看到這句話會很難過、很難過。

沒有人想要自己這樣，每個人都希望自己能夠每天都快樂開心。我算是症狀不嚴重的，甚至運氣很好的，我從頭到尾也只服用過一次藥物，我是走精神強韌那一派的，但我也從不否認藥物的作用，許多人就是需要靠藥物支撐他的身體、他的精神。他需要藥物才能鬆緩自己的神經，才能夠安穩的入睡，甚至才能夠像一般人一般的過活。

現在的我只是希望每個人對於他人都能更溫和一些、更尊重一點。對於心理疾病這件事，我們缺乏的是理解、同理，以及尊重。理解、同理、尊重的同時要如何就事論事，那就是我們該練習的了。事有對錯、人有好壞，但人的內心是複雜又多面的，不是一句有病該就醫就能解決的。

雖然死亡也是種選擇，但……

整天都在外，剛剛才看到台北市長說要自殺就吞安眠藥這種話。

有時候我會想，是不是人天生就難以對自己以外的人擁有同理心。絕大多數人都圍繞著自己的痛苦煩惱——這無可厚非，畢竟不是每個人都有大慈悲心。從某個時期開始，我突然不在意別人對我怎麼想了，畢竟我傷心他們也不會和我一同傷心，可能還會嘲笑我；我快樂他們也不會為我快樂，甚至還會潑我冷水。

我是個連坐纜車都會嚇到嘴唇發

紫的人，在考研究所時，面試前一天，我和阿存去搭了海洋公園的高空纜車，據說從頭到尾我面無血色，嘴唇發紫——我是個這麼怕高的人，但精神狀況最差時走到最高的樓層，坐在邊角看著下方，什麼都小小的，卻沒有任何恐懼。最後因為各種原因，我活著離開了學校，把自己關在宿舍裡一整週沒有出門，餓了就隨便弄點餅乾零食，渴了就打開水龍頭喝自來水。

想想我這一生雖然不是醫生，但看過的死人也不少了，自殺過世的也不在少數，至少突然間要我說出來，我數得出來的就將近兩手之數。有的時候回過頭想，那些人走的時候也許內心是解脫，但又覺得這些想法只是我個人的自我安慰，只是我這麼希望而已。我明明知道這些人是在何等絕望的狀況下走上自殺這條路，也明明知道大家其實並不是不想活下去，只是活下去需要的成本，比死亡高出太多。內心無法承受啊，已經沒有足夠的支撐系統能夠支撐著他們走下去了啊。已經不知道還有誰能幫助自己了啊。

有因被強暴後無人協助反而總遭嘲笑而自殺的人；有性向與自我認同不被任何人承認的人；有因為從小因體型而被霸凌欺負的人；有被欺騙感情的人。有這麼多人死掉了。有燒炭死的。有割腕死的。有吞藥死的（但我印象中吞安眠藥自殺的朋友沒有任何一個人死成的）。有上吊死的。我知道活著很痛苦，所以我也從未責怪過那些人的選擇，最多最多，就是恨自己力有未逮。

有時候會和處在崩潰邊緣的朋友說，就很老套的形容，人就像是弦，繃斷了就毀了，所以在繃斷自己之前，要學會自己將自己放開。我幫不上你們任何忙，只能告訴你，除了你自己，沒有人能夠真正拉開你的弦。如果覺得自己已經很努力了卻還看不到任何結果，那暫時放棄努力也是一個辦法，放棄努力的時候你可能會看到不一樣的世界。

大概在我出第三本詩集到第五本詩集中間，我收到非常多的訊息，其中有許多一看就覺得不妙，我通常都轉介他們尋求諮商協助，或者其他管道處理。

也有一些人留下遺書，帳號就消失了，我至今不知道他們的狀況是否還好。只是有的時候，我會想如果這些能，能夠不那麼努力就好了。我們這一代人，都太努力了。努力想得到別人的認同、努力活著、努力讓自己不要被時代給沖走、努力跟上大家的腳步、努力成為眾多齒輪的其中一員。正是因為這些過度的努力，才把我們逼上絕路的。有時候覺得努力與善良，真是現代社會的兩大詛咒，你越努力你就越背離生活，你越善良，你就越被他人控制，你替他人著想，他人想得卻都是如何在法律的邊界內傷害你。你越認真活著，你就活得越艱難。結果你就把自己逼到絕路了。

對他的話我也沒什麼好說的。，對一個人死心不過也就是這樣而已。對他我只想說，別把自己的麻木、冷漠都推給自己是醫生看慣了生死。你只是對自己以外的人不感興趣而已，你也不是什麼亞斯，你是自戀，以為自己比其他人更有存在的價值，但其實你並不。

對台北市長的話我也沒什麼好說的。我只想對其他想自殺的人說，試著放過自己。如果你覺得放過自己很艱難，那就什麼都別想，吃個喜歡吃的東西，好好睡個覺，醒來再想想要做什麼。人都說沒有什麼過不去的坎，但我知道你並不這麼想——畢竟那道坎是你要走的路，如果你選擇了死亡，我也很能理解，畢竟選擇死亡也不是一個簡單的選擇，你也確實地選擇了自己活著的方法。

只是有時候我仍是會自私的想，就站在朋友的角度和立場去想，我總希望我那些死去的朋友們仍活著，能夠偶爾通個訊息，講個電話什麼的也好。不過那也只是我站在朋友的角度去想的。我只是想說，也許你們覺得自己沒有活著的價值，但總是有人會珍惜你們，會記得你們的。

希望大家都能好好的。

結束的必然性

我應該要開始工作的，但實在是忍不住看了睚寫的《滌這個不正常的人》。其實我最近已經很少買書了，一方面是家裡空間有限，另一方面是拿著書看實在太累了，還好有電子書。用網頁買好後，我點開來看，一看就停不下來，一頁一頁地看了下去。下面寫一點我自己的雜感，不一定跟這本書有關係，我只是把腦中閃過的東西先寫一些下來，然後繼續做工作。

有的時候我會覺得自己是個幸運的人。

幸運的點其實並不是什麼家財萬貫與不用為生活煩惱的原因（如果可以的話我也希望自己是這麼幸運的人），我幸運的點在於，我能夠偽裝成正常人的模樣。其實正常與不正常本來就是社會給大家套的一個價值，我可以明確知道我該做些什麼，才能讓自己看著像個正常的人——只是有時候假裝的事情久了，假的變成真的。

我是指，因為以為自己「正常」，所以認為別人的「不正常」拖累自己這件事。

瞇在這本書裡寫：「但瘋狂其實是過度理性的結果。今天我們談到微分，瘋狂是微分的結果。完美主義、強迫症，都是微分的表現。」後面滌開始示範走路的動作。我們都知道每一個連貫的動作其實都是單一的動作接續而成的，只是我們通常都忽略了這件事，或者不會去注意這件事情，但對一些人來說，他們不想去注意這些事，但他們也無法控制自己。

我想到自己曾寫的日記內容：所有的瘋狂其實都只是不被理解。

這些年我認識了許多恪守規矩的人，在這個社會裡，恪守規矩的人會活得很累，因為不守規矩的人太多、得過且過的人太多、事不關己的人太多。我自己也曾恪守規矩，只是規矩守到後面，發現真的會搞死自己，就逐漸地與眾合流，說好聽一點叫做「和其光，同其塵」，講難聽一點，只是在鄉愿與犬儒的道路上越走越遠而已。

我知道這樣的不易，也知道許多人的糾結與困難——包括家中若有一個容易對任何事物起反應的高敏感人，其他家人的感受。我看到瞇的媽媽和他吃麵時媽媽激動的對話內容——換作是我，我會怎麼樣呢？我這麼想。

許多時候也不是怒其不爭的問題，而是自己已在一個情緒的臨界點了。其實人最擅長的就是逼自己，許多時候自己已經將自己逼到絕路了，卻還沒有發現問題。問題在於大家對於自己的情緒與他人的情緒都太過陌生，現在的我已經不對一個人了解另一個人這件事抱有多大希望了，卻每次看到人連自己都不了解的時候，總是覺得荒謬得想笑。

我常常會收到很多人的訊息留言，最多的問題其實濃縮到最後只有一句話：「那些人怎麼可以這樣？」

以前的我覺得這些問題其實都是大家自己要走過的。人是經驗動物，自己遇到的問題，自己不解決一遍，找誰解決都沒有用。那些人的問題（其實也是我自己的問題），其實並不是「那些人怎麼可以這樣」，而是「我不知道我們這樣的人，該怎麼和他們那樣的人和平共處」，問題其實並不在於人對於規矩的觸碰、對彼此之間界線的冒犯與不在意，而在於「我」無法對這些事情視若無睹。

後來的我——也就是現在的我，對這些事情的看法是，「規矩」是有存在的必要的，但是不遵守規矩的存在，也是必然的。其實許多事情拉得更遠一點來看，就能理解其實所有事物的結束跟毀滅都有一個必然性存在。這說起來有點悲觀，因為這不但是相信所有事情都是命定，也是因為不相信人性才能說出這種話、擁有這種看法。

同理心

人對他人的同理心是一種資源，用完了會再生，但是再生的速度有限，隨著時間，有些人的同理心會越擁有越多，但有些人天生就是難以擁有同理心，因為他們根本不知道要如何去同理他人。

我以前其實是個滿頑固的人，說好聽點叫保守，講難聽點就是固執且不知變通。我也曾經認為自己的問題自己關起門來解決就好了，因為我也是這樣子度過的。沒有人可以解決我的問題，那為什麼其他人希望我解決他們的問題。在這些過程中我可能也傷害過很多人吧。至少我能肯定我以前必定說過類似「自己的問題自己解決」，或者是「有問題要去看醫生」這種話。因為我自己也是有問題就去看醫生的人，所以我以前也從不覺得這句話有什麼不對。

最近幾年可能是接觸的事、經歷過的事多了，我開始變得柔軟一些，也知道「病識感」是什麼了。有些人沒有病識感，也無從求救，或者找到可以幫助他的人。這個社會是這樣的，每個人的確都沒有義務要幫助其他人，也沒有義務要承擔其他人的情緒或困難，但至少我們可以多一點理解。不是所有人都把自己鎖起來這個社會就會變好變和平，也不是把所有有問題的人都拒之門外這個社會就會風調雨順。每個人都有突然壞掉的可能，只是不知道什麼時候以什麼形式發生。

忘記是在哪裡看過的話，「幸福的人用童年治癒一生，不幸的人用一生去治癒童年」。我想我們一輩子遇到的絕大多數人，可能都是後者。我也只能希望所有我認識的我不認識的人在治癒自己一生的過程中，平安順利。

書寫對我來說一直都是坦白地寫出自己的傷心與脆弱。但當我寫出來我就不再害怕被他人用這些脆弱來攻擊了。曾經有退休的教授說要叫我神豬詩人，有人寫訊息說我是豬八戒，有些人用我身體上各種可能的弱點攻擊我，試圖讓我受挫，讓我停止做一些說一些我覺得該說該做的事情，但我不會因為這些人停止的。

我難過多少次、哭過多少次，受過多少次傷，我就有多堅強。過去我每天都在受挫，有人預言我幾歲會死，但我活過來了；有人說我會發生什麼事情，但我走過來了；有些人在遠方嘲笑我，對我丟垃圾，用尖銳的言語傷害我，但我現在仍在這邊。我仍在這。我知道我會沒事，並且一直沒事。

以前我會因此傷心難過，現在我了解與我無關的那些人試圖扔過來的那些刀子，碰到我身上就會成為脆弱的塵土瞬間崩塌，因為那些並不是真實的，他們也不瞭解真正的我。

只有誠實面對自己一切才有被處理的可能。

參加聚會時討論到自己的詩，問有沒有寫一些很甜蜜的詩，仔細翻找居然極少。回到旅館後稍微想了一下才發現自己內心隱隱是將詩作為一種溝通工具的，吵架的時候、沮喪的時候、生氣的時候、傷心的時候，將自己打散在揉入文字裡。我極少寫甜到不行的詩，也不常寫和感情有關的詩，我將自己封閉、鎖進自己的櫃子裡，所做一切都是溝通。想起去淡江大學時忘了同學問了什麼問題，我回，我的詩大部分是反省的產物。我不斷在反省，一直反省、一直反省，只有不斷地將過去的自己扒開、拆解，我才能夠得到自己內心所認為的詩意。聚會時旁邊的一位小姐說：「感覺並不是安慰的效果，而是扒開的感覺。」想起朋友和我說的：「我不喜歡你的詩，那讓我感覺到某些什麼被扒開了，很痛。」我至今不知道這到底算不算是誇獎。總之，基調是痛苦，即使再溫柔、再傷心，其餘的也全是刻薄，不管對自己還是他人都是。

輯三｜

囚籠外的世界

快樂與傷心
都是我

/

1.

我開始寫作沒多久後就感到茫然，因為剛開始除了恨之外我不知道還能寫些什麼。我寫了很多驚悚小說，有一些人覺得很不喜歡，只是告訴我：「不能寫」、「最好不要寫」。我有一段時間非常不能諒解，因為從來也沒有人想要了解我為何這麼做，只是告訴我不可以，告訴我應該要原諒這個世界，但事實上人類從來就不是一個擅長原諒的生物。

一路走到今天其實也是磕磕碰

碰，一度覺得自己的人生很絕望、無助、孤獨，甚至是一片死寂，但我並不覺得我的人生「被誰給毀了」，事實上沒有誰能夠真正毀了誰的人生。什麼樣的人生能夠算是「毀了」呢？我不知道該如何斷定一個人的人生算是「毀了」。如果真要說誰毀了一個人，那麼就是世界了吧。然而世界總是沒錯的，錯的總是自己。

這才是最大的錯誤。人沒有辦法純粹依靠感性過活，必須仰賴一些理智。必須知道哪件事情該歸因給誰，哪件事情不該。必須知道為什麼人這麼殘忍，卻又渴望他人對自己慈悲。人沒有辦法只靠感情度過一輩子，同樣的只靠理智也是不行的。理智是殘酷的，但什麼事情都只靠感情判斷是更殘酷的。

/ 2.

當我認知到人並不可能純粹的善或者純粹的惡的時候，我開始更仔細思考、觀察關於人性的那部分。我變得不敢太過武斷，雖然我知道武斷總是輕鬆的，就像他人替他人分類一樣，快速的斷定誰是「怎麼樣的一個人」，就不用太過煩惱，也不會總是困擾。

但人是複雜的，每一個人的組成在個性上都有其差異跟多寡，一個服膺於強權下的一個武力組織下的一個執行暴力手段的小嘍囉，他在他人的面前是殘暴的，但回到自己家中也有可能是一個慈祥的父親、溫柔的丈夫。絕大多數的人都擁有著這種不同面向的可能，沒有例外。

我有時候會說的一件事情就是所有自認為政治正確就可以肆無忌憚的談論或者傷害他人的人，其實跟自己厭惡的人是沒有兩樣的。我總以為這種事情是自律，但絕大多數人都是律他。這是我覺得最可惜，也最好笑的事情，總是將自己說得跟對方不一樣，但不一樣的永遠只有立場，做法跟想法完全是同樣的。

/ 3.

我寫作至今碰過最大的一個障礙是我認知到語言跟文字有其侷限時，我突然不知道該怎麼寫了。因為我覺得我無論如何書寫，最後通向的都是虛無。我無論如何書寫，我都沒有辦法將那些傷心完美的陳述出來。我至今仍是如此覺得，在書寫的時候感受的傳遞是遞減的，且我永遠無法確知我的感受跟他人的感受是不是在同一個頻道上，因為我在我自己的島上，他人也在他自己的島上。

我遇過很多傷心的事情，至今我還在努力將那些傷心用文字書寫出來，每次每次我面對那些傷心總會感受到自己的貧乏以及語言與文字的障壁，究竟要如何書寫才能夠完整的陳述那些沉默中彷彿被慢動作播放而滴下的一滴眼淚，要如何寫才能夠寫出那滴眼淚所包含的數萬種傷心的可能。這個問題對我來說，至今還是無解。

/ 4.

對我來說寫作就是寫出想說的東西，即使寫詩總是隱蔽，但是在隱蔽的同時，我是全然不設防的裸露。我永遠無法用語言、用口說和人解釋我為什麼如此。我的確因此困擾，因為除非直接讀取我的思想，否則接收端的讀者很有可能看到死亡就只想到死亡，看到痛苦就只覺得痛苦，像是蔡仁偉為了校園霸凌寫了〈封閉〉一詩，我敢打賭一定有人只覺得那只是含羞草的故事，沒有其他。

我總是無法陳述，我著急，又痛苦，覺得不必說，卻又覺得為什麼不能理解。為什麼只有書寫快樂、正面、輕鬆、愉悅的東西才是好的。我希望每一個人都能認知到，人並不可能永遠都只有快樂的一面，快樂與傷心同樣都是我，承認了快樂的我，也不要否定傷心的我。因為對我來說不管哪一個我，都是我，沒有任何分別。

我們書寫的時候可能寫了很多傷心、痛苦，或者是令人沉默，無法作聲的文字，但我相信那些所有的痛苦、傷心、沉默都是為了讓我們能夠跨越那些傷害而默默積累的力量。只有知道一件事物的模樣，才能夠超越它、克服它，我並不覺得傷心是不好的，不知道自己為何傷心，放任其擴散、蔓延，強迫自己打起精神，不解決問題的根本，只想無視他以為不管他就會好起來，那才是不好的。那樣才真的是罪過。

找到自己的缺口

在每一個關係裡面，彼此間要顧及到的永遠都不只有彼此。

/ 1.

看見了許多悲傷，但什麼都無法做，有的時候看著一切，會覺得「為什麼不多逼自己一點」，卻總是忘了，當初自己逼自己跨過去的時候是多麼想死。我一直對於母親和我說的，「為什麼不能正向、光明一點」、「為什麼不能讓自己充滿陽光」、「為什麼總要寫到死亡、陰鬱？」、「為什麼你這麼陰沉，是不是我把你養壞了」這些話耿耿於懷。這幾天陸續和一些悲傷的朋友聊了一些事情，有些是他們的心路歷程，有些是他們接受「治療」，有些是他最近做了什麼。

然後我突然回想起過去痛苦的自己，發現自己其實並沒有離那個自己很遠。

仔細想想其實也都是小事吧，對任何一個他者都是。每個人都覺得自己面對的處境挺艱難的，希望他人可以體諒自己，然而事實上就是只有極少數的人能夠同理他者的痛苦，無論是沒受過痛苦的人或者是承受過痛苦的人都好，我記得當我想通同理竟然不是一種生而皆有的天賦時我多悲傷，然而便極為迅速的釋懷。對於這幾天的幾位朋友，我大多都有回這麼一句話，「知道自己在做些什麼就好」。即使不知道該怎麼辦，知道自己在做些什麼也是極為重要的。

/

2.

如果真要我對那些憂鬱與哀傷做出一個陳述，我想我並沒有辦法。但我想說一句我一直希望以前我在傷心的時候能有人這麼告訴我的話：「接受自己是這樣子的，你並沒有做錯任何事。」

容易傷心的人只是易感，自卑的人只是從來沒有人告訴你該怎麼愛自己。每個人都告訴你要快樂、要保持「正常」、要「陽光」、要「正向」，那都是別人的看法，你要成為怎麼樣的人都好，只要你活得安穩、平靜。

其實說起來很慚愧，我雖然寫作、閱讀，但我其實很少能夠看到感動自己的作品，偶爾看見便珍惜的默默抄下、記錄下來。在某些人的眼裡，我這狀況叫做傲慢。但我其實並不這麼覺得，只覺得我比較難找到和我對到頻率的文字，或者說是能夠吻合我內心缺口的什麼。在跨年那個晚上我寫，「人終其一生都在尋找能夠填補自己缺口的什麼，所以才會被那些文字擊中吧。文學做的無非是將那些抽象的什麼，用文字轉化成有形體的存在，即使人說不出為何如此，但卻能感受到自己內心中某些部分被填滿了。」

到現在我依然在尋找，我所有的書寫都在試圖填補起自己缺失的什麼。我所有的成長與進步都只是明確的知道自己是個什麼樣子的人，適合什麼樣子的哀傷，應該書寫出什麼模樣的文字。只有這樣，我才能夠填補自己的缺口，也映照他人缺失的一角。

找到痛苦的語言

去了新竹一趟。編輯問了我一些問題，其中有一個問題是，我是怎麼將傷心、憂鬱的情緒轉化為文字的。我想起曾有讀者私訊我，一開始他說自己有很嚴重的憂鬱問題，猶豫很久還是決定私訊我，聊了一下我們互加好友，之後他問我，我這樣一直長時間寫這些詩沉浸在這些情緒裡，從心理健康的角度上來看還好嗎？

我相信寫作是一種「再現」的說法，當我在書寫的時候，與其說我調動的是我的知識跟我的情感以及不管什麼技巧也好、手腕也好，我在某種程度上相信要寫得「好」，必須曾經擁有過相關的真實經驗，所以與其說我在調動的是上述的事物，不如說我在調動的其實是自身的「經驗」。我個人相信進行這種經驗的調度時，會否沉浸在情緒裡的關鍵是面對悲傷記憶的熟練度。也就是當你悲傷的時候、恐懼的時候，睜大你的雙眼，直視每一個細節，你之後才有足夠的餘裕去面對它。當我需要寫它的時候我不是沉浸在記憶裡，而是像是在看影視作品一般，有著一層緩衝的轉化。我像是一個旁觀者，卻又知道自己面對的是自己。我只是知道自己需要做的是理解自己的哀傷，而不是沉浸於自己的哀傷之中。

其實仔細想想，搞不好我只是對於自身的痛苦感到麻木而已。

我不斷地逼自己去正視、去回憶，甚至去思索我為何會有這種結果。即使沒有答案，將自己逼到極限狀態，正視一切而非避而不談，一切才有被處理的可能。

/

2.

「我漸漸知道我不能只是我，有太多無法直說的話，於是我需要痛苦，唯有痛苦才能讓我找到更多語言。」

人生有太多魅需要被拔除，我能做的只有面對所有我下意識想要逃避的、不想面對的，當我面對那些令我恐懼的魅影，不厭其煩地一次又一次地談論它，讓他在我心中逐漸從神祕的陰影裡掉出來，從高高在上的那些被禁止談論的處所跌落，我就算是成功了。

在這之前，我只能不斷痛苦。唯有痛苦才能讓我找到更多語言去描述一切。

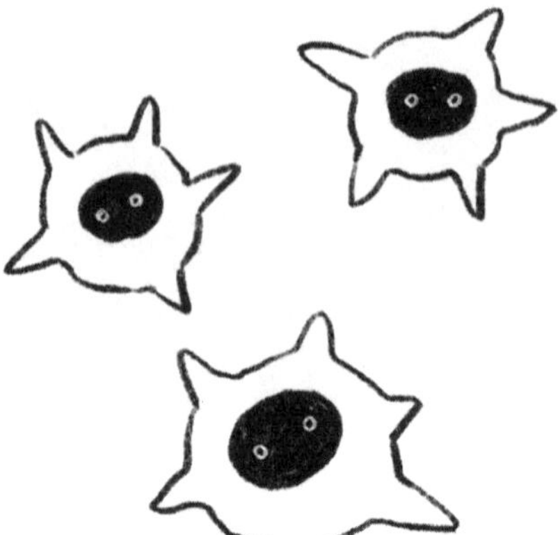

因為我無能為力，只能祈禱

／1.

我手上有很多很多故事。我自己的，和其他人的。有家破人亡的，有一時失足的，有被迫失學的，有藍色蜘蛛網類型的，也有一些是我自己親身經歷的。有一些人知道我發生過什麼事情，也知道我朋友發生過什麼事情，甚至有時候是我發生那些事情的朋友自己問我，為什麼不把他寫成小說。

我知道我沒有辦法把他們寫成小說，第一是那些故事畢竟不是我的，第二則是我沒有辦法很冷靜地看待那些事情，我恨到極點。我恨那些造成一切的人，恨那些使這些故事發生的人，恨一切，也恨自己，因為我無能為力。我什麼都做不到。

我每次都會非常簡化自己開始寫詩的過程，說實話其實也是沒錯，我就是為了罵人而寫詩的，我罵我一切想罵的，罵我覺得該罵的，罵那些光存在就帶給他人痛苦的。我恨極了。詩給我很大的空間，我有極大的空間去閃避、去躲藏，將我那些尖銳與痛苦埋好，我把真正的自己藏得好好的，要大家不斷解碼，不斷透析，只要找到真正的我，你就知道我究竟在痛苦什麼。

有人問我為什麼寫詩，我通常都說因為寫詩最不花時間，然而真正的原因是我有太多痛苦要說，有太多恨要陳述，詩能夠幫助我將所有大塊的悲傷通通篩檢為溫柔。我越溫柔的詩，就越是痛苦，我知道唯有溫柔跟沉默，才能夠將痛苦梳理開來。我沒有辦法要求他人和我一樣痛苦，接受與我相同的恨，我只能告訴這世界的一切，即使我心中有恨，我也試著去愛。

/

2\.

有人問過我，能夠寫詩一定是對生活的感觸非常深吧，一定非常敏感、非常溫柔才能夠寫出這些句子。我不知道該說什麼好，我寫的時候每一句都是將自己架在火上烤。我無意要傷害誰，但我真的對這一切價值的評比感到厭倦。我討厭三句不離藝術，我討厭三句不離高度，我討厭三句不離自我要求，我討厭三句不離貢獻，我討厭三句不離價值，我討厭其他人為了去評斷其他人究竟有沒有資格活在這個世界上所做的一切評語。

/

3\.

我試著努力過活，我有閒錢就捐錢，我試圖做善事，但我看不到任何成效，惡在這個世界上，從未消失過。我只是很努力過著，不將自己的哀傷視為整個世界的崩塌。朋友問過我，你有慶幸過自己寫詩嗎？我回他，我慶幸，但是我更希望這一切都沒有發生過，我不會寫詩，甚至不會寫作，好好地活著，好好地走完人生，好好地面對自己的死亡。

你們以為每個人都很稀罕文學？

文學真的很美，他讓我人生許多難解的滯礙都輕輕地過去了，但是我的悲傷永遠只是我的悲傷，我的文學，也同樣只是我的文學。我現在試圖讓自己的文字更輕盈，更若無其事地滑過他人身邊，我和他人說我忽略事件的細節，抽取本質的情感書寫。因為如果不那麼做，連我自己都不知道該怎麼面對這些絕望。

／ 4.

我忘記我是什麼時候覺得無所謂了，或許是某一次我很尊敬的老師跟我說我為了湖寫的某一首詩是缺乏思考跟隨意的，他說湖的意象很多人都會寫，你要衡量自己的水準，你寫得有比其他人好嗎？你有比洛夫好，有比瘂弦好嗎？我張了張口，很艱難地說出我是為了紀念。他把我拉過去說，紀念？我們現在隨時都可以紀念，我現在這樣跟你拍一張自拍的合照算不算紀念？紀念不算什麼，你要好好經營自己的作品。

那次以後我內心對這些人僅存的一點點期待也都死光了。我不想解釋什麼，也不想再說下去了，只說謝謝老師，就一個人坐在靠窗的位子，接下來三天的行程我和那個老師再也沒說過任何一句話，一直到現在，我想這個沉默會持續到他死去，我也死去的那一天。

／5.

我其實每一次寫詩貼在臉書上、專頁上都覺得很荒謬，因為我知道這一切對事實都沒有任何幫助，但我又只能寫下去了。我是真的不知道我能為誰做些什麼，我寫川普，寫完後他能夠成為慈悲的好人嗎？我寫《大尾鱸鰻》，我寫完後他們能夠知道懂得笑也還是會恨的嗎？我寫羅瑩雪，我寫完後他或者其他支持他的人就能知道人命的重量嗎？我為了一些誰的傷心書寫，我寫完後，造成那些人傷心的原因就能夠消失嗎？

不能。我知道不能。

每一次有人傳訊息給我跟我說一些心裡的話的時候我都很感激，因為這一切都讓我知道即使我什麼都沒有改變，也還是確實地觸碰到某些人的痛苦與創傷。如果說我活了這麼多年唯一了解了什麼，那就是我的痛苦只是我的痛苦，我不需要特地放大因為只是令我更痛苦，但也不用特別忽視他像是只要不提他就不存在（因為即使不提還是存在），我不用強調自己正向、快樂、開心，但也不用特別放大自己的陰影。我在個人簡介上寫我將每一首詩當成禱詞來寫，某方面是沒錯的，因為我無能為力，只能祈禱。

看見的都是影子，直面的都是人生

剛開始寫作時，我是沒想過自己會出書的。

最開始接觸書寫應是我初中二年級的時候，那時網路社群的概念剛脫離 BBS 不久，各種論壇、BLOG 開始大量出現在網路使用者的面前。剛開始書寫時寫的也不是現在熟練的詩，而是小說。那時候的我寫了好多啊，愛情小說，或者是恐怖小說。現在想來這兩種天差地遠的故事類別，剛好體現出我當時內心的景況。不是期待被人愛著，就是想將世界的一切都毀滅掉。這些文字的書寫占據了我人生最重要的一個階段，長期影響我至今，我大量地閱讀各種書寫恐怖小說需要用到的知識，曾有人問過我後不後悔，關於那個時候我大量閱讀的竟不是文學作品，而是各種醫學常識跟手法。我的回答是並不後悔，只是覺得有些可惜——我應該在閱讀那些知識的時候同時吸收各種文學的養分。

對當時的我來說，書寫提供了我一個喘息的避風港，我不用面對那些殘酷的真實，在文字裡面我想做什麼就做什麼，沒有人會傷害我，沒有人會擊倒我，沒有人會指著我要我符合他們的想像，成為一個懦弱的受害者，或是成為一個安分的異類。我所謂的異類並非指思想上的，而是從外觀上我就與大家不同。我從小就極胖，不管放在哪裡我都是胖子界裡拔尖的存在，即使我現在已經離我最胖的時候少了將近八十公斤，我仍是胖子界裡 PR 值九〇以上的存在吧。

我想講的並非是從前的我有多可憐，而是想講我們的教育告訴我們要懂得愛，要懂得寬恕，懂得原諒，做人要有禮貌，要遵守道德，甚至是我們從小接受的讀經教育，「汎愛眾，而親仁」，這些種種並非不好，然而世界並不是這麼告訴我們的。我們的世界告訴我們的是殘酷的事實，大多數人都會被這些世界的殘酷改造成跟原本的自己不同的人，有一些人適應不良，從小受過一些傷，他可能就永遠都停在他受到傷害的那個時候了。而我們的社會裡充斥著許多這種肉體成長但心靈卻停在幼時的人們。

現在的我回過頭看，我的書寫不僅是提供自己一個喘息的空間，也是用我自己的方式在為自己的創傷做癒合的準備。

現在想來也是運氣，我上高中後開始不能寫小說了，時間被課業大量壓縮，雖然我仍是斷斷續續地書寫，卻仍是沒有辦法。在日校的生活是痛苦又糾結，面對同學的時候要面對那些恥笑與欺凌，上課時偷寫的一些片段也被數學老師發現整本撕掉，這些種種使得我開始寫詩。寫詩後我開始投稿到校內的文學獎比賽與當時桃園縣的學生文學獎，當時獲得了一些獎項的肯定，也令我有了繼續寫下去的力氣。

一方面我覺得人類真的是需要他人肯定的生物，另一方面是對當時的我來說，新詩的寫作是我從未接觸的一塊淨土。它提供了我一個更方便躲藏的空間，我在詩中埋藏了大量我平日無法說、不敢說的話，最好笑的一件事情是我因為得到了台積電文學獎，在朝會時被校長表揚，當時的我差點內傷，因為那一首詩的內容正是在偷罵我所接受到的那些教育——僵化，又強迫學生們成為一隻又一隻受馴化的駱駝。這些種種對我來說那無異是在我陰暗的人生中硬生生鑿出一道光芒，於是我就跟著這透進的光一直一直緩慢前行，直到今日。

後來大約是我大學二年級的時候，有一天我突然想起來要整理一下自己的作品，想想是否能夠集結為一本書，那時對那本書沒有任何想像，對我來說是詩集也好，是雜文集也罷，總之它就是我存在的證明。我將稿子整理完後投給了當時創立沒多久的逗點文創結社，很好運的，逗點很快就和我聯繫，也約好了時間雙方碰面聊了聊，就決定在逗點出版我的第一本詩集了，而那距今也已經是將近五年之前的事了。

我並不覺得在出版詩集後我的人生有什麼太大的改變，對我來說課業還是要顧，生活還是要過，工作還是要做，書寫仍然是我生活中的一部份，並不會成為我生命中的一切。然而書寫對我來說是非常重要的，就像魚需要水，人需要呼吸，書寫是很自然的一件事，如果說我在出版第一本詩集前後學習到什麼，那就是書寫對我來說就是生活的一部份。但那時的我並沒有很系統地整理自己的想法，也並不清楚自己究竟想要寫些什麼，直到我上研究所後才開始整個重新梳理我自己與書寫之間的關係。

要是要現在的我來描述寫作對我究竟是怎麼一回事，我會和你說，「寫作就是溝通」，會和你說，「寫作的過程就是誠實地整理自己的一切」，但這些事情說到最後，其實就是我自己的事情。我任性地找到一個我自認為精準的詞彙來描述我想說的事情，任性地決定這一切應該就要長成這個樣子。後來我會想，人終其一生都在尋找能夠填補自己缺口的什麼，所以才會被那些文字擊中吧。文學做的無非是將那些抽象的什麼，用文字轉化成有形體的存在，即使人們說不出為何會這樣，但卻能感受到自己內心中某些部分被填滿了。我們這些書寫的人只是恰逢其會將這些缺口補滿，然而為什麼能補滿自己大多時候也還是不清楚。

如果書寫，如果書寫就是不斷地收納、整理自己的人生，自己替自己歸納出一套系統，那我也許要向那些曾經道謝。謝謝那些曾在我生命中停留過的、曾在我生命中剝奪走什麼的、曾為我那些寂寞、痛苦、傷心命名的、曾精準寫出我那些不被任何人所知道的那些深淵與低谷的，因為這些種種，所以我還在著，希望自己也能像他們一樣，沉默地刺入某些人傷心的角落。我仍記得自己最開始接觸到文學作品時的那種震撼，究竟怎麼能有人能將這種傷心寫得這麼精確，像是令它們具現在現實一般。

於是我也想寫出像那些作品一般的文字。即使能觸及到的人有限，但只要有人感覺自己不被人理解的那一部份被我碰觸到了，我這些文字就是值得的。

我想像中的書寫是向自己坦承，承認自己是痛苦的、不堪的，將那些最痛苦最深層的事物一一整理，誠實地面對自己，將那些令自己傷得最深的經歷，透過文學語言的轉化，將它們變成另外一種樣貌，擁有隱喻，不那麼直接地將那些傷攤開在大家的眼前，而是讓閱讀的人們自己去詮釋。有的時候他們會將那些文字與自己的人生連結上，於是他們也傷心，也落淚。對我來說這是最有趣，也最讓我感到欣慰的。我誠實地書寫自己的人生，面對自己人生的缺憾或者痛苦，然而每個人在傷心裡面，看見的都是自己的影子，直面的都是自己的人生。

而我對這一切除了感謝，也還是感謝。在現實裡沒有人有幫你的義務，在生命中每一個幫助自己的人都是自己的善緣。我在寫作的這十多年中遇到了非常非常多人，有許多人是在網路論壇上所認識的筆友，有一些人我到現在仍能在各種地方看見他們的名字，而有一些人就這麼消失在這條路上了。偶爾想起這些人便覺得自己是幸運的，即使我有時候糾結、痛苦，但我也仍是在這條路上繼續走下去了。我不覺得自己與那些人相較起來是更有才華的，我只是更誠實面對自己，也更需要文字來支撐我自己。說到底，我只是更幸運一些，能夠繼續走在這條路上而已。

即使踽踽獨行，即使最後仍是要面對自己的人生。我仍是覺得幸運，能夠透過文字觸及到某些與我有相同心情，甚或是相同遭遇的人們。

有些人說我接住了某部分的他們，而我又何嘗不是被大家所接住了？

語言常常是場騙局

開始工作後，日子一直以極緩卻又明顯能見的速度將我抽乾，每多過一天我就能看到自己更乾涸了一些。這樣不行，我知道這樣不行，但一時間又沒有解決的辦法。日子像是每天都點起一些燈火，將近一萬個日子裡有些燈亮有些燈滅，但日子也就這樣過下去了。一時不知道該如何精確地說這些感受，彷彿被工作更充滿一些，我就離愛更遠一些，這些愛不一定是對人的，有對生活的，也有對自己的。我知道自己是被愛著的，然而有的時候不免耽溺在哀傷裡，像是傷心的醃漬物一般，身體逐漸乾癟，所有水分被逼出來，那些水裡有著我過往對生活的感受，現在都漸漸沒有了。

雖然看起來還是常常激動，為了很多事情生氣、翻白眼，但是我自己知道的，我再也沒有像以前那些強烈的感受了，我不再因為某些事情而感到喜悅，或者憤怒，好多事情與其說是生氣，不如說是悲哀。那些事情都照我理解的這麼出現了，遠遠比他們照我不能理解的方式出現還要來得悲傷。我不再被誰感動，更可怕的是感覺到自己的逐漸麻木。我沒有特別愛什麼，然而也並不特別恨什麼，只是感到茫然，與一次一次的消磨。那天和朋友聊天，他問我還愛這世界嗎，我說也許吧。又問我還恨那些過去嗎，我說現在已經說不上恨了，可能是不甘心吧，但不甘心也總要過去，過去了就沒事了。

我現在還寫著，還會想到要寫好多好多東西，為自己而寫，為他人而寫，但我不知道我會不會哪天就不寫了，像我曾在這條路上遇到的那些朋友一樣，他們悄無聲息地就從這條路上消失了。近幾年我推掉了一些文學獎評審的邀約，一方面是覺得這件事情對我的消磨太大了，另一方面是我其實陷入一種茫然中。我究竟站在什麼地方評論那些作品呢？雖然嚴格說起來我也是一路從文學獎殺過來的人，但我也知道有時候文學獎是否會得獎的機率跟那首詩對作者本身的重要程度並不會成正比。每一次在和人談論這些事情時，甚至是在台上和同學們解釋的時候我都要說，會不會得文學獎其實並不重要，因為即使沒得文學獎，那篇作品對你的意義絲毫不會減少。評審的智識是有限的，水準、美學判定也都是不一樣的，然而那些文字對你的意義是什麼才是重要的。

我記得自己曾在參加活動時和學生說過，假如你真的很想得文學獎，或者你真的很需要那筆獎金，那就要照著文學獎的規則走，你要去研究、去模仿那些得獎作品的姿態，但就長久來說，我不覺得這是個好方法。我知道這樣講貌似有些「褻瀆」文學獎，但大家也要承認，如果要替文學分出高下與名次，那我們必須有個標準，對詩來說，標準就是語言，然而語言常常是場騙局。我不覺得有什麼東西是不可褻瀆的，這世界上多得是把不可褻瀆的事物放在自己的胯下隨意玩的人，口頭上的尊敬永遠都是更容易的，然而有些什麼更艱難，也更難陳述，只能慢慢走著，如果未來大家都還在這條路上，總會碰到的。希望我自己能夠製造更多生活的緩衝，點起更多的燈，燃起更多的愛，面對這所有的磨難。

你看到別人的傷口，然後呢

我們能看到很多人在選擇面對許多事情的時候會選擇一個訕笑的口吻去做。我不記得是從什麼時候開始的，我在談論他人的時候開始很注意自己究竟說了什麼。我越來越少去談論他人的作品，因為我知道沒有什麼好談的，技術是可以學習的，而心意這件事情，我能去質疑嗎，我能夠質疑你寫這篇作品，放了多少真心，擺了多少虛構，你的虛構與真實之間的比例幾何，喜歡你的詩的人很多，你接下來寫的作品也都很多人喜歡，所以你寫這篇只是為了吸引人氣，而不是真心寫的。

我無法這樣下判斷。

我知道文學圈有文學圈自己的運作方式，同時也知道並不是所有的寫作者都很友善，大家都很聰明啊，聰明的人每個都有自己的意見，有自己的意見時就想壓過別人的意見。我一直很努力在這之間取得一個平衡，又或者說，我確切地明白一件事情，與其去爭論那些沒有辦法得出結論的事情，不如努力朝自己的路走下去。我不能明白啊，無論是爭論美學也好，還是討論技術也罷，你們想要的究竟是什麼，這個世界上所有的人都照著你們喜歡的詩學之路前進嗎？我不能喜歡除你們所認定之美之外的美嗎？我不能審醜嗎？我不能盯著世間最平常的事物，並且說我在其中看到我鍾愛的事物嗎？

我不知道從何說起，我只覺得這一切非常荒謬。

從我開始接觸寫作開始，或者說學會如何在網路發表作品開始，每隔一段時間我一定會碰到類似的問題，有些人覺得全世界都對不起他整個文壇沒有人賞識他的才能，又或者是覺得現在出頭的人都是一些沒水準的人，或者是說大家都是垃圾，只有我一個黃金，大家都是沒有水平的人，放我一個人在這邊生灰。我不能明白，你們有那麼多時間自怨自艾、評斷他人、找人攻擊、做無用功，為什麼不更努力的朝自己的目標前進？大家都走在同一條路上，你為什麼要把自己的力氣全都用在干擾其他人上？我不能明白，有些人看到其他人就想踩一腳，也許完全沒有原因，就只是想踩對方一腳，但我不明白，你真的踩對方一腳，你會從中得到滿足嗎，還是你會從這些作為中更進一步？完全沒有啊，你只是不斷顯明自己有多下流而已。

我對文學評論沒有太大興趣，可能某方面是因為自己本來就不擅長去評斷他人，然而這並不代表我不知道評論的重要。然而對我來說，即使你嘴上說得再漂亮，實際上做出來的行為是垃圾，那還是垃圾。我不知道其他人怎麼想的，但對我來說充滿惡意、訕笑、譏諷的那根本不算是評論，只是肆意放縱自己去攻擊別人而已。我從以前就覺得難過，總是有一群人讀著最好的書，做出來的卻都是最下流的事情。打到這突然腦中一片空白，覺得自己講再多也沒有用，也有可能我才是錯的，然而大家的我見實在太重了，永遠都看不見他人。雖然對象並不是我，但我還是覺得難過，究竟什麼時候大家才會看著自己的缺點，而非他人的缺點？也許永遠沒有這麼一天吧。

我不知道某些人在做這些事情的時候有沒有想過當事人的感受，應該沒有吧，大多數人都覺得自己開心、愉快就好了。有些人會說，我沒有攻擊他啊，我只是在闡述我的想法，我只是用輕鬆幽默的方式去闡述我的想法。但我還是那句話，面對自己的幽默才是幽默，對著他人的幽默只是刻薄。我剛開始因為傷心而寫詩，現在卻常常因為寫詩而傷心，這也是我沒有預料到的結果。這一兩年來一直有人要拿自己的作品給我看，想問我意見，我通常都直接回絕，因為每一條路都是要自己走的，我無法給你意見，只能跟你說你走的這條路有誰曾經走過，或者你可以從哪邊得到參考。

要看見他人的缺點實在太容易了，看見他人的傷口稍微難一些，但是，即使看見了他人的傷口又如何，看到了，然後呢？大家還是只盯著缺點去看，並且用訕笑、譏諷，充滿惡意的口吻去陳述一切，並且說自己毫無惡意。

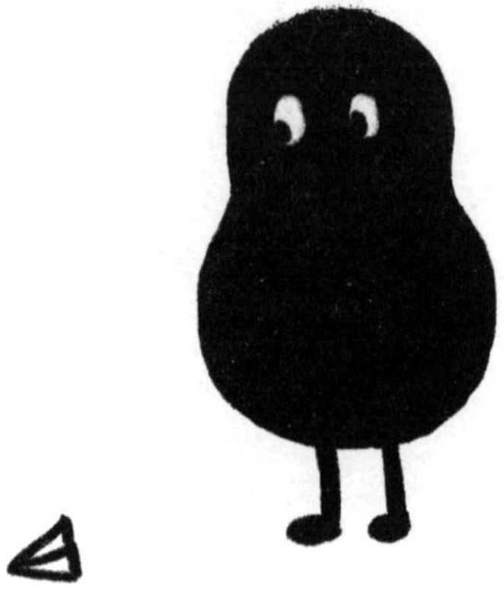

我能做的也只有這樣了

我一直知道自己是個彆扭的人。這種彆扭包含很多我說不出口的，例如這個，以及那個，或者是我明明想為《小結》寫一篇短短的感想放在書裡，最後卻決定還是不放了，寫這麼一篇，放在網路上，以此紀錄自己曾寫過這些東西。在寫之前我一直在盤算應該在這篇裡面寫些什麼，直到動手開始寫之前才決定將原本設想好的那些全部推翻。想想我總是在做這種事情，決定好一件事，再推翻一件事，就像是人生一般，真正在人生中出現的永遠是那些沒有在計畫中的事物。

想想自己接觸寫作到現在也快要十五年了。過去的自己從未想到自己能寫這麼久，甚至也沒有想到自己能夠活這麼久，我就只是走著，渾渾噩噩地走著，然後走過了那些痛苦的時間、走過了那些被時間揀選的過程、走過了那些連自己都不知道自己是什麼的歷史、走過了那些自我懷疑、走到了現在。現在的我，有比十五年前的我，過得更好一些嗎？其實我不知道。我困頓有時，自我懷疑有時，我艱難、痛苦有時，我只是對於自己現在是什麼狀況，更清楚明白了一些。

想來我剛開始在寫作的時候，就無意識地在「藏」。我不得不藏。我有太多不能和他人說的心事，有太多、太多，無法和他人提起的痛苦。想想也是有趣，其實大多數痛苦的記憶都被我忘記了，我能夠記得的痛苦就是那些我能夠承受的，這些年來我的承受能力越來越高，我找回的記憶就越來越多，有時猝不及防會被那些龐大的傷心擊倒，然而這一切卻像尼采所說的那句話一樣，「那些殺不死我的，都使我更堅強。」我試圖將巨大的傷心藏起來，留下一點線索，讓那些看見我文字的人們，能夠追著我留下的那些線索，找到那些被我藏起來的哀傷。

忘了是什麼時候開始，我知道大家在關注的其實大多都是自己的傷心。我試圖將更多的自己藏起來，我試著學習什麼叫做「節制」，我學會用文學性的語言轉化自己內心的狀態，我學會用一些離現實很遠的事物去比喻現實，後來我知道那叫做「文學寫作」。我一直在做的事情其實就是將自己內心的缺口，透過文字轉化出來，並且試圖將那些作品塑造成能夠填補我內心缺口的存在，我試圖擊中自己、拯救自己，甚至奢望自己有的時候能夠拯救別人，像當初我會被某些文字所拯救一樣。

其實仔細想想，最初拯救我的文字，其實根本不是文學，也不是我喜歡看的小說、散文之類的文字，而是朋友寫給我的幾句話，那幾句話像是點燃我當時幾乎要熄滅的生命火焰一般，那簡單的幾句話，就將我從死蔭的幽谷中拉拔出來。最近我一直在想，我到底對所謂的「寫作」有什麼執念？我每天工作的內容繁瑣到我根本無餘力去煩惱、設想、構思我到底要寫些什麼、我也不投計畫、補助，幾乎也不投獎項（我不是看不起投獎的人，只是我個人認為文學獎項就是引領我入這扇大門的一個契機而已，我認為我不需要，也不用再去霸占他人的資源，我也不需要再透過得獎來獲得成就感，於是我判斷自己不需要再投獎了），出書、偶爾的座談看似有錢，但其實我也幾乎都捐出去了，我基本上從文字上是沒有獲利的。我為何要執著於「書寫」？

其實對於這個問題我一直沒有答案。

我常常會說我會一直持續寫下去，是因為我知道自己能給予某些人力量。但有的時候我也會想，知道自己在給予這些人力量，或者是知道這些人的存在時，對我也是一個很沉重的負荷。因為我知道，其實我並不能真正地給予他們什麼幫助。在這兩年來，持續有朋友告訴我他們的狀況，我持續地收到了很多相關的求救訊息，每一個訊息我都很認真地聽，每一件事情我都很認真地回應，但是現在我偶爾想起來還是覺得沮喪，有的時候我會覺得自己做的所有努力，都是讓他們看得更清楚這世界到底有多麼殘酷。這世界上殘酷的人就是這麼多、這麼多。這世界上的人們都一再告訴我們什麼叫做「冷酷的學說」，我們必然會確實地理解到，許多傷害其實我們無從找到根源去報復，因為這是世界整體的傷害，這是一種結構性的惡，是一種我們根本無從恨起的惡意。

我們當然能夠很務實地說誰傷害我，我就找誰負責，然而有的時候真的會覺得太累了，這些人是無窮盡的。無關地域，無關年齡，每一個人都擁有一套自己的殘忍學派，甚至有人稱其為「美學」，這些傷害，居然是能夠被稱為美的。以前的我一直以為那些人是因為智商不夠，一定是因為智商欠費太久沒去繳費，所以才會說出那些糟蹋別人的話。後來我知道自己錯了，有些人正是因為想要知道如何糟蹋別人，才去學了非常多的知識，讀了非常高的學歷，爬到非常高的位子。每一個人都站在屬於自己的受害者的位子，為自己代言，所以我們才有那麼多荒謬的言論，要每一個真正受到傷害的人，好好檢討自己為什麼不能安份守己，為什麼不能沉默，像一隻魚，只能待在水中，爬到岸上就該安靜地死在大地的角落，這樣才是「好」的。

我不能理解。我越接觸這個世界我就越感到疑惑。這個世界的實際運作方式跟我們從小被灌輸的運作方式是不一樣的，好人幾乎都是過得不好的，或者不明不白地死去，或者冤枉地離開這個世界，而應該得到報應的壞人，才是實際上兒孫滿堂，家有餘慶的主角。我能夠看到很多人，做錯事但是永遠不認。我能看到很多人，運用自己的專業知識在欺騙他人、在傷害他人，甚至在侵犯他人。我能看到很多人，自己做錯事，先告別人，告不成再說「我放過你了」。有這麼多這麼多無恥的人在我們身邊，而我們卻也不得不妥協，因為我們不願意和他們變成同類的人。我有的時候疑惑，如果沒有人能夠懲罰他們，那到底誰願意當好人？

漸漸地我開始不怨那些只顧自己的人了，因為他們至少自己只顧自己，不會去傷害他人。漸漸地我對那些受害者的傷心、痛苦，越來越感到憤怒，我每天都活在憤怒中，為什麼永遠都是那些受傷的人應該要躲在某一個角落暗自傷心、哭泣，不能出來指控那些傷害他們的人？為什麼永遠都是那些受傷的人要被對方指控是仙人跳？是沒爽到？是劈腿？說真的，我知道人有極限，也知道的確會有一些人會說謊，會為了自己的自私而去構築一個謊言，然而在那之前，為什麼我們對每個受傷的人都那麼苛刻？每一次有類似的文章我都會去爬文，一樓一樓爬，一樓一樓心死，我知道這個世界有善意，但是惡意太多太多了，多到我們無法承受。

我開始試著寫更多更明白、清楚的文字，我開始和他人筆戰，我不甘心，我就是不甘心啊，憑什麼這些加害者能夠大搖大擺地在那邊展現他們噁心的嘴臉，然後受傷的人卻只能縮在陰暗的角落，比溝鼠還不如？我開始試著揣想，要如何用文字清楚地將我所想的事情具體地呈現，讓他人知道，這件事情是這樣的，並且理解，這些事情是不應該的。我試著將我生活中碰到的事情，用更簡單的文字寫出來，我試著放棄將自己藏起來，而是將自己一點一點地挖出來，放到大家的面前，我試著讓更多人知道這些事情，究竟是怎麼回事。

我寫了好多的字，在每一個我覺得我困惑的時候。我寫了好多、好多的字，在每一個我為某些事情傷心、難過的時候。我每天都在焦慮、每天都在絕望，每天都在厭世，我試圖將自己這些負面的東西關起來，不加在他人身上，或者透過沉澱、書寫，變成大家共同的感受。感受性可能是一種詛咒，然而在大家的口中也能變成一種禮物。我知道也許我寫再多，這個世界也不會有多少改變，但我也只能繼續這樣寫下去了，我知道我在寫的時候，有些人會看到，我也許能夠多讓一個人知道這些事情究竟是怎麼樣的。我知道我在寫的時候，有些人會覺得自己被撈起來了，即使有的時候他們被撈起來後要面對的惡意也不會有絲毫減少，但至少我撈起了某些處在痛苦深淵裡的人，像我曾被他人撈起一般。

我能做的也只有這樣了。

人生就是
最艱難的文學

／1.

人類並沒有固定的形狀，我們是被教育成這樣的。

在這個社會裡，我們都會有一個固定的形狀讓他人迅速地了解自己，於是我們有了「標準答案」這種事物。人類在各種領域開始試圖固定作業流程，處理任何事物開始有固定的順序，也開始擅長替我們所見到的任何事物分類，例如男生應該喜歡什麼、女生應該喜歡什麼、年輕的人應該怎樣、老邁的人應該如何等等。所以我們對任何事物開始擁有刻板印象。

我偶爾會想，人其實是一種更柔軟的生物才對吧。我們，或者說每一個人應該都是沒有固定形狀的才對，所以才能夠隨著世界變化而變化，才能「成為」什麼。我無意去評斷現行體制的優劣，畢竟從另外一個角度來看，標準答案的存在的確是有其必要的。但我總是會想，所謂的標準答案這件事只是在應付學科而已。畢竟所謂的人生，從來就沒有什麼解答是絕對正確的。

有的時候看到某些人毫不猶豫地指責他人的時候，我總會想，那些人怎麼會有自信說自己所說的一切都是對的？有的時候我看見某些人說另一些人的傷心純粹是因為自己的選擇的時候，我會有一種整個世界都太荒謬了的感覺。在出了《共生》之後到現在的這段時間，我看到更多悲傷的故事，有些時候，那些毀滅根本是無法避免的，並不是某些人輕巧的一句「其實都是你自己選擇的」就可以帶過的事情。那種巨大的黑暗將你拉著，緩慢地拖進他們的世界裡，你做了許多努力，但你終究是在黑暗的泥濘中掙扎，最後你會被拉下去，爬不出來。你的身邊沒有人願意拉著你，離開這片黑暗，偶爾有人拉著你，你卻覺得那是黑暗給予你的一種幻覺，於是你將他一起擁入黑暗的懷裡。

許多時候我覺得能夠說出「是你不夠努力」這種話的人，是十分幸福的。我倒也不會有希望他也承受這種無助的痛苦看看的想法，只是暗自提醒自己，千萬不要變成這種人。即使有的時候我會覺得，當一個只接受標準答案的人，的確是輕鬆多了。

/

2.

人類是非常脆弱的生物，一句話就足以摧毀彼此。

我們可能會因為一句話就被擊倒，也有可能會因為一句話就被拯救。我開始有意識地去觀察他人的狀態之後，發現許多人每天都活在崩潰的邊緣，像是脆弱的沙堡，只要輕輕一碰它就會自己承受不了自己的重量而塌陷。我聽了很多人和我說自己的故事，基本上每個故事都沒有理想的結局，更多的是朝著更低谷的地方前進。有的時候我很糾結，對我來說，其實我並沒有幫到他們什麼，只是聽他們說，偶爾回他們一句嗯，或者是唉，又或者是拍拍你，除此之外我不知道我能說些什麼，彷彿說什麼都不對。

後來有幾個人生活逐漸恢復正軌，他們傳訊息來跟我道謝。我說，不用謝我啊，我覺得自己什麼都沒有幫到。他們回我，雖然我覺得自己什麼都沒有做，但對他們來說，那種狀況下，他們知道我在聽著，而且我表達理解，他們就覺得自己好了一些。「雖然你覺得自己什麼都沒做，但你願意相信我，聽我說這些事情，對我來說就是最大的拯救了。」朋友這樣和我說。我後來才反應過來，對他們來說，每一句回應都是接住他們一次。

有的時候我會恍惚，覺得拯救他們是如此簡單，但反過來一想，要毀滅他們也是如此容易。後來我一直告訴自己，人類真的是非常脆弱的生物，我們說的每一句話，每一句尖銳的話都有可能毀了一個人，所以有些人說了某些傷人的話，我會憤怒，因為我確實知道有些人的內心會被那些言語所摧毀。

／3.

從《輪迴手札》、《共生》，到《鎮痛》甚至到現在，對我來說最大的改變就是我已經不再像以前一樣那麼需要詩了。這一年來從研究所畢業，開始工作，時間被切割的非常瑣碎，不再像還在讀書時那樣大量接觸文學，或者文藝相關的資訊。這一年也到了一些地方和各地的同學們分享自己的心路歷程，到現在偶爾會像大學時所想的那樣想著，所以我所書寫的這些作品，有帶給其他人一些什麼嗎？

在《鎮痛》出版後，陸陸續續有一些讀者私訊我告訴我他們的故事，也有人和我分享讀完詩的感受。我覺得我很難去描述我聽完後的感覺。每一次我都覺得自己被一些什麼所充滿了，有別於難受，但也不像是感動，如果真要說那是什麼樣的感覺，大概就是感謝吧。我從未想過自己能夠這樣透過書寫、透過文字去幫助他人（但這也有可能是一種錯覺），感謝大家告訴我自己的感受，我還是要再說一次，每一個和我說覺得自己被我接住的人，我同時也被你們所接住了。

我寫的每一個字，都是我對這個世界的疑問，我每一個問句都是真切的問句，我不懂人與人之間的傷害、分別，甚至是那些撕裂或者毀滅，我不懂那些傷心，我沒有辦法理解，所以我將他們都寫成詩。每一次去分享時，我都會說我覺得自己現在還在寫作，並且有點成績，是我的運氣。我最開始寫詩是為了「藏」，藏起自己真實的意圖，也許哪一天我再也寫不出詩了，也許哪一天我再也不需要「藏」了，又或者可能是我放棄再對這個世界發問了，也許哪一天我不寫了，那也是我人生走到某一個節點了。

我其實並不那麼在意所謂文學的被閱讀。有些人很在意這件事，會用一些責備的口吻說現在的人都不讀書，又或是有些人會覺得某些經典沒有被讀到是很不可思議的事情，我到現在還是不知道該對這件事情做何評價，也不是想批評他們，就是覺得所有我們覺得在意的事情，並不是所有人都應該在意的。我其實從小最討厭聽到的就是哪些作品是「必讀」的（包括我自己的作品），因為我無論從人生的哪個角度來看，都沒有任何作品是「非讀不可」的。我不覺得文字，或者說文學會就此死去，因為喜歡文字的人還是有這麼多這麼多，不要將自己的價值觀理所當然地套在他人身上，沒有任何作品重要到不讀就會死。我希望所有文字都是被真實的喜愛著的，無關利益，也無關於對你有沒有用。

我相信有許多人的人生，即使不讀文字也不會有任何影響，但文字提供了另外一種可能，文學給了許多人另外一種看世界的方法，比起被「非讀不可」所綁架，我更希望人是因為愛才接觸文字。沒有什麼文學是必讀的，人生就是最艱難的文學。

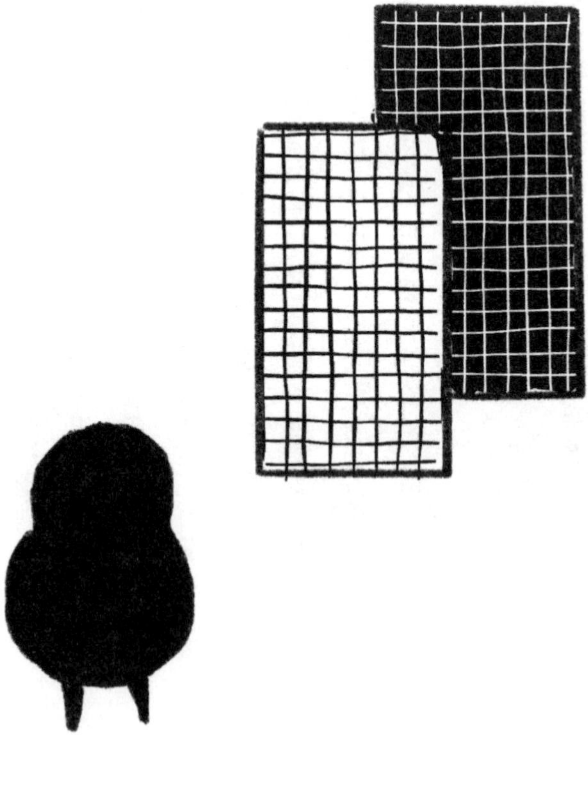

因為有人在等我，所以我要回去了

這是這次旅行待在日本的最後一個夜晚。

洗了個澡將買好的東西一一拿出，坐在行李箱前比來比去，想將他們以一個最剛好、最節省空間的方式塞進自己的行李箱。出門旅行彷彿只有在行程的末尾整理行李時，才會突然對前些日子的失控與暴衝感到絕望與茫然。我不常旅行，當然大部分原因是因為之前的生命都在工作與學業上耗盡了力氣，然而也有一小部份的原因是因為我喜歡將自己關在一個安靜的地方，透過沉默恢復自己在生活中所有透支的能量。

在日本的幾天算是見識到自己有多瘋狂。來到日本的第二天開始就處於半脫團狀態，第三天開始等於自己將自己丟在一個完全陌生的世界，完全脫離團體行動，四處走跳，試圖想在這陌生的世界裡看到一些什麼。但說我真的在這幾天看到什麼了嗎，我覺得貌似也沒有。似乎全世界的人都處在相似的處境裡，大家都用自己的生命和世界交換一些什麼，然而世界有時候換給你的只有殘酷。到了夜裡大家脫下偽裝，誠實地釋放自己的慾望，像是野獸，或者我們本來就是野獸。而另外一種回歸原始生活的人們，他們活在自己的現實裡，和社會無關，但又確實地活在這個社會裡，不被社會需要，也不被社會承認。

人要活著就要付出一些什麼交換另一些什麼。那我能交換什麼，我不知道，我只是努力工作換取生活所需的金錢，努力生活換取寫作所需的文字，然而我真的那麼需要金錢或者文字嗎？我一直在想，我的文字是值得的嗎？後來想想也沒什麼，值得與不值得都是一時的幻覺，我一直相信人生是被幻覺操控的，那樣輕鬆得多，看起來也值得得多。

有人問我會不會想在日本一直住下去？想呀。我好愛這個國家。他的什麼都讓我心情很好，即使我明確知道他也是有自己無法解決的陰暗面存在，但也毫不減損我對他的喜愛——不管在哪裡都有那些難以被解決的陰暗不是嗎？將自己丟到外面的這幾天，每天我都過得非常自在，即使聽不懂他們說的話我仍然十分愉悅。好多人在動態上、訊息上叫我打開Google map，說那樣就能夠很快地找到想要去的地方。我總是執拗。倒也不是什麼自尊心作祟，只是覺得自己喜歡這陌生的一切，這陌生的一切包括迷路都讓我十分舒爽。我享受和他人問路的過程，享受這一切在我的生命中發生，在我的生命中結束。

但即使會這麼想，也還是不行的。因為這裡沒有我熟悉的人們等著我回去。沒有人等著我。沒有人會給我名字，即使我傷心。沒有人會給我撫摸，即使我痛苦。沒有人願意替我命名，即使我荒蕪到再也長不出農作，即使我一個人。就剩下幾個小時了，剩下幾個小時我就要離開這個地方，回到台灣。小時候寫了一份作文還是什麼東西，叫我們替家做出定義，我當時寫的就是課本上的答案，無非是避風港或者溫暖的港灣。真是八股到不行，我都想將自己浸到福馬林。然而想想人就是這樣，不斷地說出一些老哏，不停地掏出一些本來就很舊的事物，替那些事物染上新的顏色。

如果現在有人問我對我來說家是什麼，我會回答，「家就是有人在那等你的地方。」所以，我要回去了。因為有人在那邊等我，因為我想要見到他們，所以我要回去了。所以我要回去了。

在香港①

1

到香港機場後，花費了一些時間辦理繁瑣的通關出境手續，走到機場大廳才仔細端詳這個我從小就來過，卻幾乎沒有記憶的地方。可能是因為我沒出過幾次國，剛下飛機的體驗是非常新奇的，他要搭地鐵到下機的地方轉到主要航廈，接著東繞西繞，很符合我對於現代化都市的想像，無論什麼事情都非常繁複。大廳的人很多，人們來來往往，我不知道大家要往哪兒走去，因為我連自己要往哪兒走都不甚明瞭。

有的時候覺得我這樣的旅伴會給同行的旅人帶來麻煩，若是我自己出外，我就只會做好必須的作業，例如買機票，準備好護照，然後時間到我就按流程登機，到點，然後逛自己想逛的、走自己想走的；然而若有旅伴和我一起出去，我就整個人處於失能狀態，機票委託旅伴訂、行程交給旅伴定，所有大大小小的事情都會是旅伴替我做好，而我就跟失智一樣，跟著旅伴的背後走來走去，但抵達目的地，卸下大小行李之後，我就又喜歡一個人行動，一個人四處亂逛。

對我來說，在一個全然陌生的環境下走動是新奇且吸引我的。我喜歡在街道上看來來往往的人們，看他們的表情、看他們做些什麼。上次去日本的時候我也是這樣的，找個人多的街道，待在一旁，看著走來走去的人們。這次我和旅伴們訂的屋子在香港的佐敦道，就住在廟街上的屋子裡。走下樓，站在佐敦道的街上，看著人們來來往往的走著，但看了好久，似乎有一大半的人是中國的觀光客，一群一群的人，操著捲舌口音，從我面前來來往往，大多是在討論等等要去買些什麼，或者剛剛吃的食物口味如何。

看沒多久我便覺得膩了，開始走起來。九龍地區和我想像中的香港有一些落差，與其說它是我聽到的那個香港，不如說它是我從小看見的那個香港。彷彿建築跟人們的時間仍停在我幼時來過的樣子，彷彿我在舊港片裡看到他是什麼樣子，他就是什麼樣子。要我類比的話，我感覺和萬華一帶極為相似，只是整體的氣氛更緊湊、更焦慮。我對一切的印象就是焦急，人們焦急，車也焦急，我剛到香港的第二天晚上走在巷子口，腳掌就被一台迅速轉彎的計程車給輾了過去。我其實不能完全理解大家對於時間的焦慮感，所有人都不自覺地以倍速活著，我有時相信這是「時間就是金錢」的一種變體，大家將時間當作一種成本，迅速地結束，就能感受更多一點結束的時間。

我和旅伴到香港的第一天，正好是香港立法會的選舉。我們兩人整天到任何地方都會關注電視上的新聞正在播些什麼，例如我看到最多的就是「被投票」的新聞，以及參選人宣布退選，然後香港特首梁振英又出來說選舉沒有退選的機制，請各位選民不要被影響等等。我總是對這些和選舉有關的事情感到疲乏，卻又不能不關注。總是有些假住中壢的李姓客官，會在討論的時候說你要對這世界多點信任，這些骯髒的政治你就不要碰，我每次都覺得正是因為有著這種聲音，政治才會越來越髒，那些總接觸政治的人，才會永遠都回不來。

最近這幾年，關於政治的話題越來越沒有辦法地必須觸及，有些人想逃，但到底能逃多遠呢？有些人不想談，然而避而不談卻也是一種政治。在台灣有些人可以選擇裝聾作啞，在香港卻不行。我和旅伴到香港的第一天，從機場到住處的車上，司機不停地談著政治話題，他以「你們年輕人都不認同自己是中國人了吧」開場，又談了一會，最後司機這麼說著，「我們這一代人，對中國還是有比較多的認同的，那畢竟是我們的故鄉。」聽到這句話，我本來已經準備好要回嘴他的內容就哽在了喉中，那一瞬間我想到自己的父親曾對我說過類似的話，我不忍和他說更多的什麼，說些什麼都是傷害，而我不覺得自己有能夠傷害對方的資格。

晚上在住處，看著入夜了的香港，恍惚地覺得現世的這些快樂、繁華都是虛構的，最終皆會指向虛無，但的確有許許多多的人是懸吊在上面的。生和這些事物綁著，死也是被這些事物吊著。昨天我在和朋友聊 Line 的時候說，「看著 Ptt 有時我會覺得耽溺於肉體快樂的人都太愚蠢了。」但眾生皆愚昧，所有愚昧都接繫著苦的隱喻。

在香港②

第二天清早起來，和朋友到街上找些什麼來吃，東看西看，最後選了太興茶餐廳，進去點了一些小點和主食，對於它的炒蛋我到現在仍是覺得厲害，又滑又嫩的，感覺像是剛下鍋炒個兩下就起鍋了的感覺，卻又確確實實是熟的。我到現在仍然在想，這幾天我究竟跟朋友們去了哪些地方，發現我和朋友們有交集的地方，通通是在餐廳。也許對我來說，無論和誰出去都好，我大多數時間仍是需要獨處的，我理想中的旅遊狀態是，和一些朋友一起出去，但白天的時候各自走各自的行程，到晚上的時候到共同的住處碰頭，也許聊聊今天做了什麼，也許放鬆地喝些酒，聽個音樂，各自做各自的事情也是好的。

說到底，我不過就是需要獨處的時間，卻又不希望自己一直是一個人的狀態。

九龍的街道一直讓我有種恍惚的迷茫感，一個人走在街上，彷彿很快就會迷失在時間的縫隙裡似的，我彷彿不在現在的時空裡，而是回到了五六歲時，自己曾住過的那個香港（後來和我媽通過電話才知道，小時候曾短時間住過九龍，巧的是剛好也住在廟街附近），當然也有可能是我虛構出了一個熟識此地的記憶給我，然而這一切對我來說是既新鮮又懷念的。有的時候不知道自己究竟在追尋一些什麼，將自己的生命拉長到自身整體而非片面的自己來看，我以為自己在追求的是文學能達到的某些溝通的目的，但其實我並非真那麼在意文學，我在意的其實是人。

對我來說不管什麼文學，其實都是因著人而生的。有些人站在知識份子的高度誇誇其談，談論文學應該是什麼樣子的，談論那些知識到底要如何才能更貼近文學，但對我來說，我有好多好多事物是從書以外的世界學習到的。我們在生活中所遭遇到的一切，諸如痛苦、哀傷、喜悅、快樂，透過時間，通過思考，和我們已知的知識不斷揉合，最後統合成我們所能見到的自己與文字。有些人談論這些事情的時候，會追溯到好久好久以前，然而世間萬物是一直在改變的，我們所學習到的一切是基底，但我們不能永遠都停在基底的狀態，環境的確在改變，我們的文字、語言，看起來和過去的文字語言是一樣的，但其中的核心卻已經不同了，大家一直談著知識，但卻不用自己的語言陳述，白白浪費了這一切。

夜間走在油麻地附近的街道上，到九龍一間有名的書店 Kubrick 去走走。去之前沒有概念，聽朋友說是一間小書店，到了之後發現它其實並不小。在裡面挖了幾本書，其中一本叫做《這顆行星上所有的酒館》，書名的典故應該是來自萬能青年旅店的〈在這顆行星所有的酒館〉。回到台灣後稍微翻了一下，是本像是遊記的東西，記錄了作者在各個國家所遇到的小故事。有的時候我會覺得這些文字隱隱帶著一種憂鬱，和這個世界一樣。我們在一個看起來很巨大的世界，但實際上有的時候我覺得它小得可憐，即使看見他者的難處、看見世界的哀傷，卻總覺得這一切是荒謬的，因為我們只能看著，卻什麼也無法改變。

在九龍我看見很多書報攤，就像是一個又一個小小的雜貨舖一樣，主要還是賣書報，回去前稍微停下來看了一下，看見老闆對我曖昧一笑，我疑惑地看他一眼，又將眼神轉回書報上，眼前是一片色情刊物，各種裸露的照片直直地印刷在刊物上，整齊地陳列在我面前，看到這一片色情刊物時，我才有種自己果然不是在台灣啊的感覺。我還是覺得整體氣氛太相似了，只是隱隱地覺得有種更龐大的氣壓籠罩在所有人的頭上。

香港仍處在對各種投票的狀況、結果的爭論中*，夜深了卻還有好多人醒著。也許也不是投票的問題，在香港的五、六天，每個夜晚都是明亮亮的，像是天空中裝著隱蔽的燈似的。好多人對自己的命運感到惴惴不安，好多人對國家的命運感到驚惶，許多人說香港從來就不是國家，偶爾覺得這一切是相互映照的隱喻。國家到底是什麼呢？我想到第一天搭計程車時司機說的，「至少中國是合法的政權」，國家也許是一種想像，那合法性自然也能夠是一種想像的產物。有的時候我會覺得這畢竟只是一種空想，只是人總是希望空想也有成真的時刻。

＊　二〇一六年九月四日為香港立法會選舉。

在香港③

按下門鈴後沒多久，門打開了，門後站著一位只穿著黑色蕾絲內衣的年輕小姐，我尷尬地向他表示來意，說明自己只需要按摩服務即可。他熱情地將我拉進房內，房間很小，比我家的廁所還要小。我看了一下，牆上還貼著價目表，有做的價格、不做的價格，環保吹要多收錢等等的資訊。我再次跟他表明我只需要按摩即可，他笑笑地說好的、好的，老闆我來幫你洗身體吧，我窘迫地和對方說不用了，我自己洗就好。沖澡的地方也很小，大概只夠兩個人站的空間而已。洗完後我穿好衣服出來，他看了我一眼愣了一下，叫我趴到一張小床上，他坐在我身上開始幫我按摩。

老闆台灣人吶？他這麼問我。我說對啊，我是台灣來的。台灣很好啊，這邊也常常會有台灣的客人來，台灣的客人都很好的哇，內地來的客人有時候水準就差一些，不過最主要的還是我們香港本地人來得比較多，老闆怎麼找到這裡的啊？我路過發現的，我說。唉呀不要不好意思嘛，好多客人都跟我說是路過的，這哪有路過的唷。我沒說話，因為他按得很到位的關係我陣陣吸氣，但我真的是路過的，我原本只是來買個甘草檸檬，經過這棟大樓的時候發現樓下貼滿了奇怪的廣告，就走上來看看，知道這是香港有名的色情服務場所一樓一鳳，整棟樓上上下下看了幾遍，決定還是找一間看起來最安全（即使我知道這棟樓就沒有真正安全的地方）的進來看看。

我們有一搭沒一搭地聊著，問他有沒有去過台灣，他說一直都很想去看看吶，聽說好吃又便宜的東西很多，不像香港，什麼都貴。他問我到香港幾天了，我說差不多三天了，香港真的東西都很貴呢，還沒來香港以前我以為香港是很開發的地方了，但這幾天住在油麻地那附近，感覺跟十幾年前還是差不多的樣子啊。開發是有開發的，只是港島中環這邊比較明顯啊，不然就是旺角那邊，那邊是香港的中心啊，人都聚集在這些地方嘍，不過人多，收的租也貴啊。我有聽說香港的屋子租金都很貴，但我沒有概念到底多貴，我這幾天住廟街上的一間套房，原本還覺得很差，但聽香港的朋友說那間已經算是高級住宅了，就很好奇。

貴嘍，香港的房子貴得很嘍，光租金就不是開玩笑的。他笑笑地說。我知道，但我沒有概念，拿這間房當標準好了，這間房一個月要收多少租？這間房？這間房就要一萬一嘍。港幣？對啊港幣。哇，那真的好貴啊。我們這是特別貴的，因為我們是特殊營業用的，但這種大小的普通住家大概也要五到六千左右。啊，一萬一含上下打點的費用，還是含保護費？我恍然。對啊。這邊人多，租金自然也比其他地方漲，樓下的中藥鋪一個月就要八萬多塊錢。八萬多？港幣嗎？這樣他們有賺嗎？問完後就覺得自己問了一個蠢問題。當然有的，沒賺誰在這租房子啊，不過在這做生意大家各顯神通嘍，小生意是做不下去的，賺的全交在這租上了，還不如不做。

後來我們有一搭沒一搭的聊著，都在聊民生話題，聊到一半他突然開始扒我的褲子，我一臉驚慌回頭看他，才看到不知什麼時候他的衣服也脫得精光。我一時間告訴自己要鎮定，要鎮定。然後我很鎮定的跟他說，我、我真的沒有要做，所以不用脫我褲子，真的！他就愣了一下，手往我胯下摸說真的不用嗎你真的是來純按摩的嗎，我以為你只是不好意思說想做而已，我這邊做跟不做差五十（港幣）而已，我會讓你很爽的，考慮一下嘛老闆。後來我看他意志堅決一直想扒下我的褲子，時間也差不多了，我也沒什麼好問的就直接付錢離開了。（後來想到這段還是有點驚魂未定）

離開那邊後我仔細看了看樓下的各種商店，發現真的是沒什麼做小生意的，要不是連鎖餐廳，不然就是大商號，或者是連鎖的金飾店，又或者是電子產品商店。每一間店都需要高額資本才能運作下去，突然覺得不管到哪其實都是差不多的，只是輕重的分別而已。有的時候覺得不管在哪活著都很辛苦，有的時候覺得這些辛苦是一種隱喻，活著就是一種修煉。不過這些修煉絕大多數都只是純然的痛苦，沒有其他。

遊戲不難

開始玩動物森友會之前，我以為他是個快樂的種田遊戲，就跟牧場物語一樣，就算遊戲體驗再差，最多也不過就是大雄的奴工生活那樣的遊戲吧*。開始玩之後，發現不太對勁，剛上島就是一個類似旅行社的櫃檯，牌子上寫著大大的「無人島移居套餐計畫」，接著小狸貓們要你選擇自己的名字，設計島名，還會讓你選擇島的地形，最後還會提醒你，島上什麼都沒有，暗示你到了無人島後就要開始迎接自給自足的新生活。

上島之後你會發現自己真的迎

來了新生活，而且你也踏上了奸商狸貓的賊船，從此你與這座島休戚與共。上島後狸貓會告訴你，這個無人島移居計畫是要付錢的，沒有錢沒關係，就用哩程來抵付，一開始還會覺得有點意思，沒有錢也可以用哩程抵付欠款，但玩到一半你的內心會淌血——讓我付錢，我想付錢，為什麼要用哩程來算這個欠款——你會在心裡這樣吶喊著，然後認命地釣魚、捕蟲、拔雜草、種水果，這些種種都是為了繳付你欠下的貸款。

剛開始玩動森的時候我很茫然，因為遊戲裡其實並沒有給你一個明確的目標，他唯一能夠算是目標的主線就是還貸款以及讓 K.K. 來島上開演唱會。剛玩的幾個小時都還很新鮮，到後面我突然茫然——我已經習慣了其他的遊戲，每個步驟都靠遊戲的主線給你提示，動森的主線與其說是主線，不如說這個遊戲真正的精髓，是在主線結束才開始。在大明星 K.K. 來唱過歌之後，這個島真正缺少的一塊拼圖才真正補上——也就是從這個時候開始，才真正開啟了大家需要養肝茶的苦勞道路。

我記得剛開始玩的幾天，大家都戲稱這款遊戲為「房貸之友會」，但其實玩到一半時大家會發現，房貸並不是這款遊戲的核心，這個遊戲的核心是社群與交換，遊戲剛出的前兩週我加入了非常多的社團跟群組，看著賣菜群組的人們每天定時報告自己的菜價，菜價高的人會接受群組內其他玩家的朝貢與拜訪，接著有人設計出了排隊網站，上面還能自訂門票價格。這時我才突然驚覺，這個遊戲其實是近年來我所玩過最需要社交的遊戲。

你當然可以一個人在自己的島上做一個邊緣人，默默解決一切問題，改變島嶼地貌、興建島嶼建築，為花配種，為島造景。但你會意識到遊戲的設計團隊並不希望你只是一個人玩這款遊戲，所以每座島有不同的特產水果，透過去別人的島你才能將所有的水果收齊、每個傢俱都有不同的顏色，你必須和人交換才能夠收齊其他的種類、甚至是每個島民會做的手工傢俱方程式都不同，如果只靠一個人自己一座島收集，可能收集個一兩年都收集不了，你如果能玩下去，那你自然會想透過社交的功能和他人交換道具，以收集道具。

整個遊戲其實都非常「社會」，例如「錢」。一開始玩家們煩惱的是鈴錢，但跟現實不同的地方是在遊戲中的努力是會確實累積的，甚至連你拔到的雜草都能夠換成貨幣。所以玩到後面時，你會發現自己開始煩惱的是各種錢的變形，例如生鏽零件、金礦，以及哩程旅行券，到這個時候，你會發現貨幣的本質就是交換，在我寫這段內容的時候我看了一下，一張哩程旅行券可以換二十萬鈴錢。其他零件、金屬各有各的價碼，有要賣鈴錢的，也有要道具互換的。

無人島的開發與現實中的生活其實是有點交互的，但島上的生活更純粹、更直覺。不管在生活還是在遊戲中做出的努力，其實都只是為了讓自己的環境跟體驗（無論是生活還是遊戲）都更舒適一點而已。因為遊戲內缺少溝通的管道（用手機打字另當別論），但大家彷彿是約好一樣共同發展出了相似的溝通方式，操控遊戲角色使出讓人會意的動作，也會讓人開始反省語言的必要——我不是說語言文字沒有必要，語言與文字當然是溝通不可缺少的媒介，只是若我們沒有真的要進行複雜的溝通，那看起來也沒有一定要使用語言文字進行無效溝通的必要。

熟悉這個遊戲後會發現許多事其實都會自動形成默契的社會規範，而且到目前為止其實都是正向的，例如玩家們自己發起的「摸摸團」*，摸摸團其實是一個很危險的活動，因為他考驗的是玩家們對其他玩家的信任，以及參與玩家們的個人操守。所以網路上常常會看到哪個摸摸團今天又出事了，誰摸了道具又不放回去，導致開團的人蒙受損失。就連我自己也曾經開團少過道具。但我自己是持平常心看待，在開團前我就有心理準備了，我會開團是因為我想和其他玩家交流，並且和大家分享我有的東西，如果真的發生了不好的事情，也只能祝福那個人的島上，進駐的永遠都是長得不好看，卻又是自戀性格的小動物。

整體而言，這個遊戲其實是快樂又愜意的，只是諸多玩家（包括我），在玩的時候都會說這個遊戲太難了（不管是將花配種還是島嶼設計又或者是島民篩選），有時當我開啟島嶼創作家，試著將懸崖挖出圓角的時候會這麼想：玩遊戲其實沒有很難，難的永遠都是玩家給自己設下的限制。

＊大雄的奴工生活指的是二〇一九年六月由萬代所發行的《哆啦A夢牧場物語》，因遊戲賺錢管道十分有限，且讓大雄極度過勞，所以玩家戲稱此片為大雄的礦工物語、大雄的奴工物語等等。

＊「摸摸團」指的是由於遊戲系統的關係，玩家所碰過的傢俱都會被系統默認為曾經擁有過，進而可以在遊戲的購物系統中再次購入，所以才會產生這種由不同玩家們發起的交換摸道具的聚會。

後記

這篇後記寫在書稿整理完，我又重看了一次整本書稿之後。這份書稿總結了我從二〇一五到二〇二〇的文字，我幾乎可以看到自己的思考方式是從何處轉移到何處的，雖然幽微，但確實是有的。在整理稿件的時候我一直在想，這些文字究竟能帶給其他人什麼呢？像我這樣的人，我是指對許多事情都會一個人糾結成一團難解的毛線球的人，我要靠極大的努力跟冷靜才能將這些複雜的思緒梳理成為能對人言的內容。簡單地說就是我心有千千結，而表現出來的卻只是其中些許被梳理乾淨的思緒。許多事情我重複地說，反覆地討論，雖然是不同篇幅，但其實都是相近的母題——尊重他人的痛苦。

二〇一五到二〇二〇之間對我來說也經歷了許多事情，我經歷了父親過世，經歷了一連串混亂的家事與工作的經驗，甚至不得不將自己身體狀況穩定下來，穩定下來之後才慢慢發現許多事都不太一樣了。因為許多我不方便談的原因，我開始慢慢遵照醫囑，從水果開始不吃，後來不吃生魚片，接著不吃海鮮、鴨鵝、糖。我從原本的空腹血糖四百，到現在偶爾早上還能看到空腹一百以下的血糖值。這期間有太多我難以敘明的血淚。血糖濃度改變後身體原本隱而不見的問題一下子全浮現出來，其中包括視網膜病變、腎臟問題、心臟問題，許多我原本認為沒什麼大不了的事情一下子就成為我生活中的痛苦根源。

照中醫的說法是在這個過程中我的身體越來越恢復正常了，但我只能感受到人類是多麼脆弱的生物。舉例來說，以前的我對自己的生死其實是看非常淡的，我覺得人時間到了就是到了，也以為自己的身體壽命能在一段時間內就能結束，從未想過我會將已經放棄的身體健康重新撿起來慢慢復原。我長期都處在痛苦裡，身體的與心理的。以前只要痛苦，我就會吃甜食喝飲料，讓糖分充滿身體，我會短暫地感受到平靜，有短暫的餘裕可以使用——我就是靠那些餘裕將這些文字寫下來的。

這幾年和自己身體的對抗對我來說既漫長又痛苦，但我逐漸能感受到自己究竟在和什麼對抗，包括我的心，其實是涵蓋著身體狀況的。當我還能借助甜食飲品來扛過的時候，我的內心面對惡意甚至還能靠坐在沙發上，心裡搖著不存在的紅酒杯，笑嘻嘻地看著那些惡意被擋在我穩定的心靈前面。最近這幾年完全不是這樣，光是穩定自己的身體我就有苦難言，別說抵禦別人的惡意，我甚至要抵抗自己的惡意。

人對承受痛苦是有一個界線在的，心靈很重要，身體也同樣重要。如果要我說在這些年中的經驗轉變我學到了什麼，那我只能說在某個範圍內，無論發生什麼事情，沒有什麼比自己的安危更加重要了。如果發生什麼過不去的事情時，逃跑也是沒有問題的，轉身睡覺，吃點好吃的東西，人會慢慢復原的。我常說人比我們想像中的還要堅強，但其實人也比我們想像中的還要脆弱。

國家圖書館出版品預行編目(CIP)資料
孤島通信 / 宋尚緯著 . -- 初版 . -- 臺北市 : 麥田出版 : 家庭傳媒城邦分公司發行, 2021.01
288 面 ; 14.8×21 公分 . -- (麥田文學 ;17)
ISBN(平裝)978-986-344-852-5
863.55　　109018251

麥田文學 17

孤島通信

作　　者　宋尚緯
責任編輯　陳淑怡

版　　權　吳玲緯
行　　銷　巫維珍　蘇莞婷　何維民　吳宇軒　陳欣岑
業　　務　李再星　陳紫晴　陳美燕　葉晉源
副總編輯　林秀梅
編輯總監　劉麗真
總 經 理　陳逸瑛
發 行 人　凃玉雲
出　　版　麥田出版
104 台北市民生東路二段 141 號 5 樓
電話：(886)2-2500-7696　傳真：(886)2-2500-1967
發　　行　英屬蓋曼群島商家庭傳媒股份有限公司城邦分公司
104 台北市民生東路二段 141 號 11 樓
書虫客服服務專線：(886)2-2500-7718、2500-7719
24 小時傳真服務：(886)2-2500-1990、2500-1991
服務時間：週一至週五 09:30-12:00．13:30-17:00
郵撥帳號：19863813　戶名：書虫股份有限公司
讀者服務信箱 E-mail：service@readingclub.com.tw
麥田部落格：http://ryefield.pixnet.net/blog
麥田出版 Facebook：https://www.facebook.com/RyeField.Cite/
香港發行所／城邦（香港）出版集團有限公司
香港灣仔駱克道 193 號東超商業中心 1 樓
電話：(852) 2508-6231　傳真：(852) 2578-9337
馬新發行所／城邦（馬新）出版集團【Cite(M) Sdn. Bhd.】
41-3, Jalan Radin Anum, Bandar Baru Sri Petaling,
57000 Kuala Lumpur, Malaysia.
電話：(603)9056-3833
傳真：(603)9057-6622
E-mail：cite@cite.com.my

印　　刷　沐春行銷創意有限公司
設　　計　Jupee

2021 年 1 月　初版一刷

定價／ 399 元
ISBN 978-986-344-852-5